〔加〕张翎 著

如此曙蓝

广西师范大学出版社
·桂林·

RUCI SHULAN

图书在版编目（CIP）数据

如此曙蓝 /（加）张翎著. --桂林：广西师范大学出版社，2022.8
ISBN 978-7-5598-5132-1

Ⅰ．①如… Ⅱ．①张… Ⅲ．①中篇小说-小说集-加拿大-现代 Ⅳ．①I711.45

中国版本图书馆 CIP 数据核字（2022）第 104681 号

广西师范大学出版社出版发行

（广西桂林市五里店路 9 号　邮政编码：541004）
网址：http://www.bbtpress.com
出版人：黄轩庄
全国新华书店经销
北京盛通印刷股份有限公司印刷
（北京经济技术开发区经海三路 18 号　邮政编码：100176）
开本：787 mm × 1 092 mm　1/32
印张：9.875　　　字数：160 千字
2022 年 8 月第 1 版　　2022 年 8 月第 1 次印刷
定价：69.00 元

如发现印装质量问题，影响阅读，请与出版社发行部门联系调换。

世上情缘：关于《如此曙蓝》的杂想

张翎

《如此曙蓝》（《收获》原发篇名为《拯救发妻》）的写作过程实在是时空错乱，经历了多伦多、三亚、温州三个城市，在新冠疫情大爆发的惊惶之中，画上了最后一个句号。整个时段里，思维都随着地点的变换和疫情的发展，处于混乱甚至撕裂的状态。到今天再看一遍，感觉还是一地鸡毛。

小说的情节内核基本上是顺着两个人物展开的，一个是加拿大老富豪的妻子史密逊太太，另一个是中国新富豪的妻子曙蓝。两个素昧平生的女子，借着一则出售宝马豪车的广告和一个大雷雨之夜在多伦多的相遇，演绎出一些可以有多种解释的冲突和一个似是而非的结局。

史密逊太太的灵感来自九十年代初期我在美国辛辛那

提大学读书时的一件旧事。当时在中国留学生圈子里传着一桩奇闻，有人在当地的英文报纸上看到一则以五十美金的价格转手一辆宝马豪车的广告，以为是玩笑，打电话过去，还确有其事。原来售车的是一位大富豪的妻子，她发现丈夫和秘书有了私情，就以白菜价一件一件地出售丈夫的珍品，以示报复。那时的留学生们都穷得叮当响，有车的人不算很多。即使买了车，也都是那种公里数很高、只值几百块钱的老爷车。这桩传闻的真实性最终也没有得到证实，但光听着就已经满足了我们当时浅薄的好奇心。

曙蓝的灵感来自当下。曙蓝当然是个虚构的人物，但她也不是空穴来风。这一二十年里，在我所居住的多伦多城里出现了一些被富豪丈夫送往国外居住的妻子们，俗称富婆、息婆或款婆。这些人已经被成见牢固地贴上了一些标签：炫富、挥霍、无聊、无知、傲慢……商标一旦被贴上，所有归在这个群体里的人似乎很难有机会翻身。但我也观察到了这个群体并非千人一面，也有一些例外。有一些人能和国内富豪群体的生活方式作适度切割，相对平静地接受了丈夫的情感变迁，低调地开启属于自己在异国的独立生活：学习英语，进修学位或者证书，找工作，把孩子送到普通公立学校，在自己上班的时间里雇小时工照看孩子……曙蓝就是这些例外中的一员。在我的小说里，她是她们的综合体。

《如此曙蓝》讲述的是一个发生在两个年代两个族裔中的婚变故事,也可以说是在两条线上发生的发妻故事。两个故事的大致框架早就有了,我的难题是怎么让这两条线交集,产生某种纠缠不清的关系。交集的方式有很多种,可以让两个女人产生共同的仇恨,对丈夫,对小三,或者对催发婚变的环境,也可以把婚变演绎成一个励志故事,两个被弃的女子在人生的某一点上相遇,由于同病相怜而开始互助,最后用自身的财富和成功来报复男人的负心。当然,也可以把小说写成一个父母离婚的孩子眼中的控诉,或者一个单身母亲在异国他乡遭遇的种种难处,等等等等。哪条路似乎都行得通,只要我肯坚持,最终条条路都能抵达罗马。

我在脑子里设想了一两条路,但走着走着,就厌倦了,不想再走下去。我感觉这些路都被别的脚踩过,太平实,太保险,无非是为了达成某种心理安慰,满足某种内心期待。可是,我为什么不可以选择一条远离期待的路呢?我完全可以不要安慰,不要励志,也不要复仇,不求实现任何人(包括我自己)对结局的企图,只想借故事的外套营造一种氛围,生出一些疑惑不安。凭什么小说非得达到某种诉求,图谋一种终结感呢?假如出发时不想着罗马，途程就可以自由。

《如此曙蓝》写到一小半的时候，我的想法变了，我变得只想描述，而不去关心描述到底要达到什么目的。也许，描述本身就是目的。我不再想完全依赖常识、感知和经验来写这部小说。我打算抽去逻辑，模糊一些依靠经验和认知建立的界限。我想在那样的模糊空间里重新塑造故事，把原本不在一个维度上的东西摊在一个平面里，让它们自由穿越。

于是，就有了《如此曙蓝》的最后版本。

《如此曙蓝》写完后，我发给几个肯对我说真话的朋友私下里看过，几乎所有的人都会问我：史密逊太太真死了吗？假如她早死了，她怎么可能帮助曙蓝？曙蓝自己呢，到底是死还是活？小书看见了她的父亲，是因为她也死了吗，因为只有死人才能看见死人，对吗？……

我的回答既不是Yes，也不是No，而是Maybe（也许），因为我自己也没有明确答案。我只能告诉我的朋友们：能不能把这部小说当作梦境来解读？因为梦境没有边界，也没有逻辑。在抽去了逻辑的梦境里，我们能看见一些醒着时看不见的东西，穿越某些清醒时固若金汤的界限，比如生和死、想象和现实。

《如此曙蓝》现在由广西师范大学出版社以小说集的

形式推出,这个集子里还包括了我的另外两部中篇小说《何处藏诗》和《恋曲三重奏》。这三部作品讲的都是世上男女情缘,角度却各不相同。《何处藏诗》讲的是艰难时期的感情,一个爱在废纸巾上涂写诗句的落魄男子,在不同的时间段里遭遇了两个报恩的女子,一个以自己的生命,另一个用自己的身体。我不知道这算不算是爱情,但却是感情的一种决绝表达方式,市井气中又捎带着一点点离地一两寸的书生气和侠义感。而《恋曲三重奏》里的男女,却绝对是世俗的,一个背井离乡身处异国的女子,一生遭遇了三段情缘:第一段是大学里的青涩果子,尚未到收获季节便已落地销殒;第二段是滚滚红尘中一次彼此方便的机缘,她的一丝才情,遭遇了他的许多财富;第三段情缘几乎没有词语可以形容,是在孤独、同情、相怜和荷尔蒙相互交织的灰色地带里生长出来的一个怪物。

  这三部小说都讲到了异乡男女的萍遇,今天看来,我发现了它们之间的不同。人还是那些人,市井的或者貌似清高的,孤独的,困顿挣扎的,寻求的,失落的,等等,但我看他们的眼睛却有了变化。我知道是时间在作祟。一部小说里出现的情节不见得都是和作家自己相关的事,虚构是小说家最常用的工具,但一个作家在编织小说时不可避免地会带上自己的视角。我们用自己的眼睛观察世界,所以世界会带着我们的眼睛所纳入的独特角度和色彩，我们的眼睛赋予了笔下人物质感。但时间改变眼睛，眼睛改变视角，视角改变人物的情绪和情感。这三部小说之所以不同，是因为我的眼睛在不同的视角里看到了不同的人，或者说，在同样的人身上发现了不同的侧面。我变了多少，我的人物就变了多少，把这三部发表日期各自相隔差不多十年的小说放在一起，多少也能找到一些岁月变迁留下的蛛丝马迹吧？是为序。

目 录

如此曙蓝 /1

何处藏诗 /111

恋曲三重奏 /225

如此曙蓝

一

"宝马X5，黑色，四轮驱动，1250公里。"

曙蓝是在二手货网站的二手车栏目里看到那则广告的。

"Mint condition。"

这两个英文单词拆开来她都认识，摆在一起时却感觉脸生。她打开手机上的翻译软件，查出来那个词组是"出厂状态"，或者说"几乎全新"的意思。这里的mint，与薄荷无关，是她在望文生义。

"缺乏逻辑。"

假如此刻元林在她身边，一定会用这句话来嘲讽她的弱智，她甚至能想象他说这句话时的神情。双眉上挑，右边的那条比左边稍稍高一些，嘴角上挤出一根朝下拐的浅纹。元林即使不认识这个词组，也一定会根据上下文猜出它的意思，1250的公里数本身就是明确的提示，他不会像她那样去做一些事后悔悟的无谓劳动。元林是做风投的。元林学了商科，倒不像大部分人那样是因为追风，高收入对他来说并不是唯一的诱惑，他做哪一行大概都能挣钱。他选了这一行，仅仅是因为他喜欢追踪数字在变成报表和新闻之前那些变幻莫测的潜流。元林有着坚定而执拗的价值判断体系，元林使用的标准其实很简单，除却那些五花八门的外包装——女孩子们对这样的包装几乎没有免疫力——内核其实只是"逻辑"二字。

逻辑也是天分。知识能学，技能可教，唯独逻辑是老天爷给的，有就有了，没有的，就永远也不可能有。

这是元林的观点。

元林的逻辑带着他走了很远的路，从甘肃一个小山村走进了帝都一家上市金融公司。但元林的逻辑也不总是所向披靡的，至少在一件至关紧要的事上，让他栽了一个跟斗：他娶了一个逻辑缺失的女人，并和她一起造就了一个兴许和母亲一样逻辑缺失的女儿。小书虽然才八岁，用元林的标准来衡量，却已经显示出母系基因的苗头。比方说当元林在饭桌上问小书今天在学校里学了什么的时候，小书可以不厌其烦地描述从教室窗口看到的云彩形状、任课女老师头发和裙子的颜色与样式，却无法简捷完整地复述概括课堂的内容。小书学习英文单词时，会一个一个地死记硬背，却不懂得举一反三地找到发音规律。有一次，元林和小书一起看探索频道一个关于人类交通发展演变的节目，元林顺嘴问小书现在世界上最快的交通工具是什么，小书尽管看得津津有味，她的回答却和节目内容风马牛不相及。小书没说飞机，也没说火车，更没说火箭，而是说"思念"。

元林爱小书，能把小书爱得透不过气来，爱成扁扁的一张纸。但元林谈起小书的将来，眼神里却充满了忧虑。曙蓝总觉得元林对小书的爱是那种对一个晚期癌症病人的爱法，不带长远指望，只求眼前平安。曙蓝为自己不成章法的基因心怀愧疚。曙蓝曾经问过元林，为什么他找的是她，而不是一个和他自己更为接近的、具有强大逻辑思维和行动能力的女人。元林想了半天，才说人总是在寻找自己缺失的东西。

她并不总是相信元林说的每一句话，但这句话，她打心眼里信了。她的判断并不是基于逻辑，而是基于直觉。直觉到底属于知识技能还是天分？直觉和逻辑一样，也来自娘胎吗？她曾经想问元林，可是她错过了时机。世上万事万物都有时机，大至天地变迁、政权易帜、世界大战或和平，小至人与人的相遇相爱、生儿育女，甚至一次谈天。她错过了问这句话的时机，后来就再也没有环境和心情了。

假如不是上面标的那个价格，她大概都不会在那则广告上多留一眼的。没错，她的确急需一辆二手车，但不是那样的车。开那种车的，应该是另外一群人，一群穿博柏利风衣，拎香奈儿包包，戴卡地亚钻戒和手链，脸颊上鼓着被肉毒针催生出来的苹果肌的人。她坐在那样的车里，她和车都会感觉尴尬。但是，那则广告上的价格却生出一个尖尖的角，一下子勾住了她的眼睛。

五百加元。

她反反复复数过几次。没错，是三位数。不是五千，也不是五万，而是五百。

这是用白菜的价格，叫卖一件大明官窑。她无意收藏大明官窑，可是当白菜和名瓷同时变得唾手可得的时候，她没有理由拿过来白菜而拒绝名瓷。当时她还没来得及想到别的。白菜的容器可以仅仅是一个塑料袋，一台冰箱，而用来摆置名瓷的配套设施，却有可能是一个陈设柜，一套射灯，一组新家具，甚至一个新家。这些都是后来才产生的复杂念头，而在当时，搅动她脑汁的，仅仅是一股好奇。

她仔细地查过了广告上传的时间，是八天以前的晚上七点四十九分。上传后更新过两次，最近一次是在三十二分钟之前。也就是说，这辆以白菜价标售的名车，至今还没有出手，至少在半个小时之前还没有。

曙蓝拿起了电话。假如元林在场，他一定会说"It's too good to be true"（听起来太好的东西必有陷阱）。她知道元林的话从来不是虚浮的，元林的每一句话上都压着一块逻辑磐石。可是现在元林不在，她可以任性一回。她为比这大得多的事都冒过险了，比如才认识一周就嫁给了元林，再比如辞了中学的教职带小书出国读书……假若为这辆车去冒一次险，她至多只是丢失了五百加元，那是在她丢得起的范围之内。

她拨了那个电话号码，几乎还没听见铃响，那头就有人接了起来，速度快得让曙蓝一怔，不禁觉得那人已经在电话边上一动不动地守候了一个早晨。那是个女声，听不出年龄，音质里带着一丝磁性，词和词碰撞的时候，生出一些极为细微的嗞嗞声，像老式收音机频道没调准时出现的交流声，只是每一个词组都是秃尾的，所有语气拖腔都被一把看不见的刀决绝地斩断。

"哈罗。电话销货？请立刻挂断。我和你都不要浪费彼此的时间。"

"我不是，我是……我只想问，那辆车子，宝马，还在吗?"曙蓝结结巴巴地问。

"在。"女人绷得很紧的口气,略略地松了一松。

曙蓝哦了一声,对方立刻接过了话头,说:"你是想问这么划算的一件事,怎么到现在还没成交,对吗?"

曙蓝在脑子里飞快地组织着句子。白菜价……名瓷……逻辑……直觉……词语潮水一样地涌了上来,排着队堵在喉咙口,但都不是英文。曙蓝在浅浅的英文词库里走了几个来回,最后只抓住了那个摆放在最门口、使起来最顺手的单词。

"Yes。"她说。

女人哼了一声。隔着电话,曙蓝听不出这究竟是洞察一切的冷笑,还是明知故问的嘲讽。

"那是因为我一直没找到合适的人。还没有人通过我的面试,到目前为止。"女人说。

"面试?"曙蓝吃了一惊。

"是的。面试。至少一次,也许不止。"

曙蓝沉默了。也许在这趟交易中丢失的,不仅仅是五百加元。

"你在想这到底是不是一个骗局?这也难怪,毕竟在这个世界上,每天都在发生着一些不尽如人意的事情。"

女人总是能立刻猜出曙蓝没有说出的话,把曙蓝逼入一个只能用Yes或者No来回应的死角。

"你应该知道，了解一点新车主的背景，应该不算是一个特别过分的要求，尤其是这样的一辆车，这样的一个价位。"女人终于放慢了语速。

这个电话号码，在过去的八天里，究竟被多少人拨打过？这个女人到底对多少人，说过同样的话？曙蓝问自己。

女人开始放松，而曙蓝的神经却开始绷紧。可是没用。直觉是一张千疮百孔的纸，直觉靠不住。真正能够守护她的，只能是逻辑，逻辑才是铜墙铁壁。可是元林不在，失却了逻辑的把守，她的防卫系统早已溃不成军。

"什么时间我可以过来？"她听见自己急切地问那个女人。

二

曙蓝躺在草地上看天。她一生中从没看见过这样的天。

她三十九岁。她不知道用"一生"来形容三十九岁是否合宜。假如三十九岁是一生，那六十岁又是什么？一又二分之一生？若活到九十岁，那是否就该算是"三生三世"？

从什么时候开始,她学会了用数字来量化情绪?元林的影响无处不在。

她是中文系毕业的,她对天空并不无知,她在小说散文诗歌中与各种各样的天空相遇过。喜马拉雅的天空,南疆的天空,阿尔卑斯的天空,撒哈拉的天空……那些天空都让她感动,但却不切肤,因为她没去过那些地方。二手的感动像水,从源头流到她这里,势头已经衰减了许多。

但这片天空不同,这是她亲眼所见的天空。她是她自己的源头。

天很紧,是十八岁的那种紧,而不是精华素玻尿酸肉毒针的紧。这样紧致的天空必然是蓝色的,就如十八岁的肌肤必然带着红晕一样。但这蓝却不是她所见过的任何一种蓝。这蓝是创世之初混沌乍开的蓝,这蓝还没有被语言和呼吸碰触过。阳光经过这样的蓝时毫无阻隔,阳光也染上了蓝。

这是云来之前的情景。可云把一切都改变了。云很宽,比天还宽出许多,天不够让云整个铺开身子,云只好在天边的地方卷起厚厚的一条边。云虽然宽,却不结实,中间绽裂着许多个破洞,阳光从破洞中漏进来,云的颜色就亮了,跟雨彻底撇清了关系。

这一刻没有风,湖边的苇叶和坡上的树木都没有动静,没有人知道推着云走的是什么动力。其实云不是在走,也不是在跑,云是在飞。飞着的云把太阳鲁莽地推来搡去,一整片山坡被光影切割成无数块边界瞬息万变的小疆土。曙蓝现在终于明白了为什么作家会用"风云变幻"来形容时代巨变。

元林现在应该是看不见这样的云和这样的天的。即使是从前,元林在帝都金融中心那座四十一层的办公大楼上班时,他也没有太留意过窗外的景致。有一回,他把手机落在了家里,她正好没课,就给他送了过去。那是她第一次也是唯一一次见到他的工作环境。他的办公室在东南角上,三面都是落地窗。她站在窗前,感觉阳光掀开了她毛孔上的每一个盖子,她一伸手,就可以抓到一角云彩。

"你每天,我是说每天,都能见到这样的天空吗?"她激动得语无伦次。

他朝外看了一眼,仿佛吃了一惊。

"哦,还真是的。"他说。

小书站在草地上,弓着腰,吹一朵结了白绒的蒲公英。她把一肚子的气都憋在了两个腮帮里,脸鼓得很圆很红,一路红到颈脖。可是她到底还是没能把那口气憋到最后,她忍不住笑了,那口气就散成了一串唾沫。泄了气的小书蹲在地上,咯咯地笑了起来。

小书真是个爱笑的孩子，曙蓝总觉得小书的身体里控制笑的那根神经出了毛病，少了一个阀门，或是缺了一条弹簧，最轻微的刺激就能引发失控。一丝掠过眼皮的风，一片飘过头发的柳絮，一滴从屋檐上落下的水珠子，一只叫声有些怪异的雀子，甚至洗手间里一股没能及时消散的气味，都能引得她咯咯咯咯地笑个不停。小书笑起来一声又一声，声声相连，像一只举得很高装得很满的水杯在往一个空盆子里倒水，怎么倒盆子也不会满，杯子也不会空。小书的笑是一根小小的柔软的手指头，能解开任何一个心结，扯松任何一团纠缠的眉心，叫天下的城墙都轰然倒塌，家中所有的锁匙失灵。

拥有这样笑声的孩子，即使没有逻辑，那又怎样呢？曙蓝忍不住微微一笑。

小书又找到了一朵蒲公英，举着一朵白绒在草地上奔跑。小书跑起来的样子真美啊，颈子长长的，腰背之间是一条结实平滑的弧线。八岁是个完美的年纪，八岁刚刚碰触到了世界的表，八岁还不认识世界的里。八岁的女孩还不知道自己是女孩，八岁的女孩还不知道世上有男孩。八岁的女孩还不知道从钱包到饭碗是一条千山万水的窄路，八岁的女孩还不懂得世上有难处，八岁的女孩可以心无旁骛地为一朵蒲公英快活得死去活来。

小书你不要长大,一根头发丝都不要长。曙蓝喃喃地对自己说。

云开始散开,起了点细微的风。小书吹出去的白绒在微风里懒怠地飘着,飘了一小会儿才慢慢地落到草上。大部分的白绒会躺在草面上,成为飞鸟腹中的食物,或者等待着被另外一阵风刮到另外一个不可知的去处。只有少数的几丝,会从草株之间的狭小缝隙中钻进去,落入泥里,等到明年再长出一株绿叶,开出另外一朵黄花,结成另外一头白绒。

小书跑累了,回到曙蓝身边要水喝,满头满脸冒着蒸腾的热气。

"妈妈,刘易斯太太说蒲公英是野草,要拔掉。这么好看的东西为什么要拔掉?"小书问。

刘易斯太太是他们的房东。

"一个人眼里看起来是好花,另外一个人眼里看起来是杂草。"曙蓝说。

"所以,你一直不拔。"小书说。

她们住在一个租来的小平房里,门前有一块小小的草地。曙蓝割草,但从没拔过野草,所以她们的草地只在刚刚割过的那一两天里,看起来还算平头齐脸。再过几天,便是一副高高低低坑坑洼洼的乱象,因为野草长得远比草快。

"所有的草都是草,所有的花都是花,它们彼此平等。"曙蓝说。

小书想了一想,突然说:"爸爸会说你文科思维。"

说完了,小书咯咯大笑了起来,笑得浑身乱颤,仿佛文科思维是一声在大庭广众面前放的响屁,不合时宜却又极其欢乐。

曙蓝也忍不住跟着笑了,为这句话,也为小书笑起来的样子。小书的笑是街面上的流感,见到谁传给谁,挡也挡不住。这样的笑,被风传到另一个地方,是不是也像蒲公英的白绒那样,会长出许许多多同样的笑来?

小书终于笑累了,安静下来。曙蓝看见小书的眼睛里有一个问题正在结籽。她眼睁睁地看着这个问题行走在从眼睛到舌头的路上,她既无法阻拦,也无法闪避,她只能听凭它当的一声撞到她的耳膜上。

"爸爸什么时候过来看我们?"小书问。

这个问题,小书时不时地会问。问过了,得到了答复,隔几天还会再问。八岁的记忆还没长结实,八岁的孩子依旧健忘。

"快了。"曙蓝说。

曙蓝说这句话的时候,下一句话也已准备稳妥,等候在她的喉咙口了。那是一个关于具体时间的答复。可是她没用上这句话,因为小书没再追问,小书的兴趣已经转移到别的话题上。

慢慢的就好了。曙蓝对自己说。时间和记性是天敌,它们永远在交战。记忆永远会败在时间手下,没有人可以打赢时间。小书还会问同样的问题,只是频率会渐渐发生变化。从两三天一次,到一周一次,再到一个月一次。再接下来,就会变成半年,一年,几年。再接下来,就会永远不再问。

"妈妈,今天我们去科学馆吗?"小书问。

小书的学校暑期组织学生参观科学馆,曙蓝已经替小书报了名,但又临时改变了主意。

"今天我们不去科学馆。你跟妈妈,去争取一辆车。你的英文比妈妈好,我们需要车。"

小书的眼睛忽闪了几下,神情突然严肃起来。

"妈妈,我要怎么样争取呢?"小书问。

曙蓝想了想,才说:"孩子,你就做你平常的样子。"

三

曙蓝带着小书,去找电话上给的那个地址。

找到那条街很容易，找到那座房子却费了一番周折。

房子离街面很远。大凡有些气派的房子都这样，房前留出了大片的空地，与街市若即若离。走近那座房子的时候，天上突然起了一场雾。那一场雾来得毫无预兆，一下子就把路给堵了。雾一忽儿浓，一忽儿淡，房子时隐时现。曙蓝觉得那雾不像是雾，倒像是从飞机上往下看到的云朵，她被缠在云里，突然就迷失了方向。她走了很长的一段路，似乎在转着圈，有一阵子她甚至看不见小书。她惊惶地喊叫起来，听见了小书的回答，才略略松了一口气。她伸出手来四下摸索着，终于摸着了小书的手。一把拽住小书的指尖，再往前走，雾气就散了，仰头一看，太阳正高，万物清朗明艳。

"小书，妈妈真害怕哪天把你丢了。"曙蓝喘着气说。

"没关系的，你就是把我丢了，我也能找到你。"小书说。

房子几乎就是曙蓝想象中的样子。两根很有气势的石柱，擎起一座同样很有气势的两层楼房。入口是一个大圆拱，门廊上雕着花卉纹章，屋顶竖着几个彼此呼应的尖角。二楼有一个横跨几间卧室的大阳台，落地窗半开着，隐隐露出天花板上的水晶灯饰。车道是环形的，可以同时对开两辆车，中间是一个修剪得无懈可击的草坪和花圃，那上面没有蒲公英。草地上散落着星星点点的白色花瓣，是日本绣球的落英。

女人没有撒谎。那辆车就停在房门前的车道上，完全符合广告里的描述。曙蓝感觉眼睛被割了一下。那是阳光在车顶上的反射。小时候妈妈告诉她夏天不能穿黑色衣服，因为黑色最容易吸收光和热。可是在这辆车身上，她看到的却是黑色和阳光的激烈抗争。

这样的车就该停在这样的车道上，就如同这样的房子就应该坐落在这样的街区里。它们是彼此的背景和衬托，就像星星和夜空，帆船和海洋，鲜花和枝叶一样。同样的物件，位置相宜的时候，就是风景。而一旦错位，把星星种在泥土里，花朵移植在马桶中，帆船搁置于沙漠里，风景就会立刻变成眼疮。她不能想象这样一辆宝马车停放在她住处的便道上的情景。这种车应该去的地方是私人会所、特色餐馆、歌剧院、赌场、美容院，而不是充满油烟和咖喱气味的新移民聚居地、英文补习班、职业培训中心、廉价超市、折扣商场、普通公立小学的停车场。

她走上台阶，把手指放到了门铃上。就在那个刹那，她突然觉出了手指的重量。

保险。汽油。维修。她很诧异，在看见这辆车之前，自己居然一点也没想到这些费用。好奇心是涨潮时的海水，此刻已经退落,她看见了海滩上嶙峋的岩石。岩石其实一直是在的,只是潮水给了她忽略的借口。借口消失的时候,真相比先前更触目惊心。

每个月一号,雷打不动,她的账户上会汇进一万五千元人民币。每次都来自不同的账号,不同的汇款人。她不认识那些名字,她用不着认识,因为她知道他们是谁。这些钱是绳子,这头拴着她的生计,那头拴着元林的嘴。这些钱买的是元林的沉默。只要钱还细水长流地汇进她的账户,元林就依旧待在现状之中。哪天这根绳子断了,那就是元林终于松了口。或者是,元林不再需要守口。元林不开口则罢,一开口便是倾金山倒玉柱。

她很好奇,下个月的一号,她的账户会有什么样的变化。

这一万五千元人民币,兑换成加元,大致是三千。三千加元,再加上政府补助的小孩牛奶金,是一条弹性有限的橡皮筋。付完房租、伙食费、她自己的学费、手机费、小书的书本杂费、洗头的香波、擦脸的油,这根橡皮筋也就差不多扯到了头。如果再加上这样的一辆车(假设她能得到这辆车),还有它的全套附加费用,这条橡皮筋还能扯多远?

到了这一步,她才明白好奇心已经引着她走入了一潭泥淖。她是小书的雨伞和天空,可是她自己没有伞也没有天,任何一片小小的落叶,比如一份昂贵的保险报价单,都有可能砸破她的头。

她拉住小书,想转身就走,可是已经晚了,门开了,一个女人站到了她们面前。曙蓝的记忆有点模糊,她不记得自己到底是否按过门铃,唯一可以确信的是:这个女人一直站在丝质窗帘之后,看着她们走过车道,走上台阶。就和昨天接电话时的情景一样,女人仿佛已在门里守候了几个时辰。

"你就是蓝?"女人斜靠在门上,挡着进门的路。

女人完全不是曙蓝想象的样子。女人的年纪有个大致的范围,但这个范围很宽松,从五十五到七十五都说得过去。女人老是老了,却老得依旧有派头,一头灰色的头发被风轻轻撩起来,每一根都有弹性。女人穿着一件灰色的丝绸衬衫,深蓝色的长裤,腰间系的不是皮带,而是一条暗黄色的爱马仕丝巾。女人一身的衣装都是亚光的,让人想起细砂纸、高级洗涤剂、蒸汽熨斗,还有修炼到这个审美境界的几十年道路。曙蓝没有在女人的衣装之下找到一丝赘肉。

"你迟到了二十分钟。我可以容忍的期限,是十五分钟。"女人看了一眼手表,冷冷地说。

"史密逊太太,对不起,我们来晚了。要不下次再约吧?"

曙蓝拉着小书的手,转身离去,几乎如释重负。走下台阶,步入车道的时候,她觉出了背上的热。她知道那是女人贴在她身上的目光。

"你难道不想解释一下迟到的原因吗?"史密逊太太说。

曙蓝停住脚步,转过身来。

"我不想编个理由骗你。"曙蓝说。

这一回,是曙蓝吊住了女人的胃口。

"关于迟到,还能有多少个版本的理由呢?不外是昨晚喝醉了,今天起晚了,闹钟停了,公车坏了,或者是金鱼病了。"女人说。

曙蓝和小书同时笑了。曙蓝没想到拥有这样一座楼房这样一辆汽车这样一身服饰的人,依旧还可以拥有幽默。

"都不是。"曙蓝说。

"那我就听听,你的实话。"女人说。

曙蓝犹豫了一下。她已经失去了对这辆车的急切渴求,此刻她只想脱身。

"妈妈和我吹蒲公英,吹得忘了时间,误了一班地铁。"小书突然插了进来。

史密逊太太怔住了。即使她拥有世上最富弹性的神经，也无法把想象力扯到那样的地界。她从未听说过世上存在着这样离奇的迟到理由。

"你女儿说的是真话吗？"史密逊太太把目光从曙蓝身上转到小书身上，又从小书身上转回到曙蓝身上。

不要，千万不要，脸红。

曙蓝暗暗地喝令着自己，可是没用，她感觉到了一股热气涌上脸颊，然后慢慢地朝四周洇漫开来，到耳垂，到脖子，到额头。

"平时，我打工，上课，她，也上课。等我把她从课后班接回来，天就，黑了。等到我和她都不上课，有时候有太阳，有时候，没有。有太阳又不上课，又碰不上，蒲公英……"

曙蓝结结巴巴地说。说一句，后悔一句，后边那句恨不得立刻拽回前面那句，但总是慢了一步。后面那句非但没有找回前面那句，反而拽出了再后面的那句。她越陷越深。她的神情，她的语气，都合谋着把一些只不过稍微有些愚蠢的真话，演绎成了一堆破布絮般的胡言。

文科思维。严重缺乏逻辑。

她似乎听见了元林的声音。

"是我叫妈妈和我比赛的，看谁能一口气把蒲公英吹成秃子。妈妈吹不过我,每一次都输。她又不肯认输,又要重来,所以误了时间。"小书说。

史密逊太太走下台阶,弯下腰,直到她的眼睛和小书的眼睛成为一个平面。

"我不记得你告诉过我你的名字。"她说。

"我叫Little Book,小小的书本。妈妈说我的名字起坏了,起了这个名字就不爱读书了。我应该叫大大的书本,Big Book。"

小书说话的语速很快,单词和单词紧紧地缝缀在一起,中间没有换气的空当。小书说话就像在跑百米赛,上气不接下气。

史密逊太太眼角的皱纹走动起来,曙蓝看到了笑意。不过笑意是蜻蜓点过的水面,只擦破了一层皮。顷刻过后,蜻蜓飞远了,水依旧是先前的水。

"你妈妈和你在一起,还做些什么?"史密逊太太问。

"妈妈和我,在后院种菜,可是妈妈种什么都瘦。我们家的黄瓜,只有妈妈的大拇指那样粗。妈妈说黄瓜也和人一样,需要保持身材,不是越胖越好。"

小书想起了家里玻璃瓶中那些布满了虫眼、吃也吃不完的腌黄瓜,忍不住咯咯地笑了起来。

"每天打嗝,都是酸黄瓜的……味……味道。"小书笑得噎住了气。

曙蓝轻轻碰了一下小书的胳膊。这是她的钳口令。她拴在小书颈脖上的绳子很长，长得让小书几乎忘了还有边界。

"我女儿从小就爱说话，管不住。"曙蓝抱歉地说。

史密逊太太看着小书，半晌，才轻轻地叹了一口气，说："孩子肯和你说话的时间，也就这么几年。一不小心，就错过了。"

女人站起来，走上台阶，推开了门。

"你们进来吧，这么热的天，孩子需要喝口水。"

曙蓝想拒绝，可是曙蓝的脚没听从曙蓝的脑子，她眼睁睁地看着自己木偶似的被女人牵引着，跨过了门槛。

The only thing I cannot resist is temptation.[①]

她想起了英文补习班里学到的一句话。老师说这是奥斯卡·王尔德的名言。

四

大理石地板。枝形水晶吊灯。三角钢琴。雕花实木

---

① 世上唯一不能抵挡之物就是诱惑。

陈设柜。柜里摆设着的瓷器和样式奇特的酒瓶。屋里的每一样东西都贵,假如价格标签还在,那上面的数字起码是四位数。曙蓝是见过这种排场的,在好莱坞的大片中。而小书却没有。小书这个年龄能看到的电影,只能是《狮子王》、《爱丽丝梦游仙境》和《海底总动员》。

也许,无知不完全是件坏事,无知把小书裹在了一层真空之中。小书对屋里的摆设毫无兴趣,所以小书没有显露出丝毫一惊一乍的小家子气。

小书走进屋子之后看见的第一样东西,是一只卧在窗台上晒太阳的猫。她朝着猫走过去,猫看见她,耳朵抖了一抖,咕咚一声从窗台上跳下,也朝着她走过来。猫和她都沿着一条看不见的直线朝彼此走来,在屋子中间的地板上相遇。

猫是只老猫,皮毛稀松,肚皮垮得几乎拖到了地板。可是猫的眼睛却完全是另外一码事。猫的眼睛很大很圆,眼神饱胀,流出两汪顽童似的戏谑。猫的尾巴高高地耸立着,随着脚步一颠一颠。它走到小书跟前,停住了,咻咻地闻着小书的裤脚。猫看上去浑身是嘴,眼睛鼻子耳朵尾巴都在说话,真正的嘴却置身事外,沉默无语。

猫对它所闻到的气味感觉满意,它用脸和颈脖表示着它的亲昵,在小书的裤腿上来来回回地蹭着,留下几丝橘黄色的毛。小书在地上盘腿坐下，拍了拍膝盖，猫犹豫了片刻，就跳了上来，把身子蜷成一个首尾相连的大肉团，窝在小书的腿弯里。短暂的静默之后，垂老松弛的声带扯动起来，扯出惊天动地的呼噜。

史密逊太太很是惊讶，说："你女儿创造了一个小小的奇迹。平常家里来人，Rascal谁也不睬，眼珠子都不会挪一下。"

小书吃吃地笑了起来："它叫流氓①？"

"那你觉得，它该叫什么？"史密逊太太问。

小书想了一会儿，才说："我觉得它该叫话篓子，Chatterbox。老师叫我话篓子，它好像话也很多，你看它的眼睛。"

史密逊太太和曙蓝同时笑了起来。

"小小的书本，跟我从前见过的亚洲孩子，不太一样。"史密逊太太说。

"你见过很多亚洲孩子吗？"曙蓝问。

"从前，我在一家公立学校教书。"史密逊太太刹住话题，摇了摇头，仿佛在晃去一头的尘土，"那是前一世的事了。"

---

① Rascal意为"流氓"。

"你觉得小书怎么不一样?"曙蓝问。

史密逊太太沉吟了片刻,仿佛在寻找一个合宜的词。

"自然。像没有经过过滤的阳光。"她最终说。

曙蓝知道这是一句好话,可不知怎的,这句好话却像根细棍子,捅着了她心里的一个脆弱之处。

"也许是因为我从来对她没有更高的要求。"她说。

史密逊太太起身去厨房倒水。

曙蓝在一张双人沙发上坐下来,继续不动声色地观察着屋子里的摆设,或者说,屋子里曾经有过的摆设。贴着英式花纹壁纸的墙已经空了,显露出几块巨大的色斑。那是油画曾经替墙壁挡下的阳光。油画都取下来了,包裹在厚实的牛皮纸里,一张挨一张地贴墙站着。一张巨大的竖幅,两张中等尺寸的横幅,三张小方块。包装纸上都用胶带贴着一个信封,曙蓝猜想是原始收藏证书。带着这样证书的油画,从这个客厅走出去,是走进另外一个同样阔绰的客厅,供另外一些见过世面的眼睛——鉴赏?还是进入一家拍卖行,成为那些宣传手册上的一张精美画页?曙蓝悄悄地问自己。

钢琴也是整装待发,裹在几层厚厚的泡沫塑料纸里,上面捆着结实的尼龙绳。陈设柜空了一层,阳光从窗帘缝里钻进来,落在那一层空着的隔板上,照出了一片白色的灰尘。灰尘分布不匀，有的地方比别的地方稀薄，那些稀薄之处是消失了的陈设物曾经占据的地盘。沙发旁边的茶几上摆着两个银边镜框，里边镶着两张照片，一张是一个穿着芭蕾裙装的少女在舞台上的剧照，另一张是一个女人和一个八九岁的女孩子的合影。两人蹲在一丛日本绣球前，风把她们的头发吹成一朵扬絮的蒲公英。曙蓝过了一会儿才认出来那个女人是年轻时的史密逊太太，只是不知照片上的绣球是不是现在的那丛。

这两个镜框在茶几上的位置摆置得很均衡，曙蓝一时无法判断它们边上是否曾经有过别的镜框，一个镶着男人照片的镜框。

史密逊太太从厨房里走出来，端出两杯水，递给曙蓝和小书。

"是卖了房子，搬家吗？"曙蓝问。

"搬家和卖房，是两个概念。"史密逊太太回答道，"卖房的人一定搬家，搬家的人却不一定卖房。"

逻辑。曙蓝想起了元林的话。曙蓝觉得自己被搅进了一张逻辑学的蜘蛛网。

"我只是搬家。那些从我身后搬进来的人，看见的只会是一座空房，一个仅仅由石头和木材搭出来的空间，没有内容，没有灵魂。"史密逊太太接着说。

史密逊太太说这话的时候,牙齿和嘴唇都咬得很紧,声音似乎是从毛孔里出来的,咝咝的带着一股寒气,曙蓝忍不住打了个哆嗦。

猫从小书的腿窝里抬起头来,伸出舌头,在小书送过来的茶杯里哧溜哧溜地舔了几口水,又沉沉睡去。小书突然重重地叹了一口气。小书很少叹气。小书的叹息听起来非常怪异,仿佛是太阳变绿、鸡冠里生出麦苗、米缸中钻出恐龙。

"怎么啦,你?"曙蓝问。

"妈妈,我什么时候也可以有一只猫?就像流氓这样的?"小书说。

史密逊太太松了一口气说:"我以为你遇上了天大的烦恼,原来你的愿望,仅仅是一只猫。"

"房东太太不许我们养宠物,不许我们……"

"小书。"曙蓝轻轻叫了一声,制止住了孩子。

小书的话只不过才开了一个小小的头,后边还跟着一条大尾巴,那尾巴长得可以拖出几里路。房东不和她们住在一起,房东一家住在她们旁边的另一座平房里。两座房子几乎紧挨着,房东坐在阳台上,就可以看见她们门前的一举一动;她们在深夜里的一声咳嗽,都有可能惊扰房东的睡梦。

房东有规矩,房东的规矩列得很细:不能从正门出入。不能在未经允许的情况下留客人过夜。不能用猛火炒菜。不能使用车库。不能在用电高峰期启用洗衣机烘干机。不能,不能,不能。世上有很多种不能,各自贴着各自的标签,各自归属各自的主人。史密逊太太不会懂得曙蓝的不能,就像曙蓝也不会懂得史密逊太太的不能。

"这是你的女儿吗?很美。"曙蓝指着茶几上那个摆着芭蕾舞步姿的女孩,换了话题。

史密逊太太的眼睛亮了,仿佛瞬间落进了三个太阳。

"洁西还不会走路的时候,就已经会跳舞了。这张照片,是她跳《天鹅湖》时拍的,多伦多皇家芭蕾舞团,她是四小天鹅之一。"

"现在还跳吗?"曙蓝问。她无法确定那张照片的年龄,所以,她也无法确定那个精灵一样的女子现在的年龄,就如同她无法确定那女子的母亲的年龄一样。

史密逊太太在一张单人沙发上坐了下来,半边脸对着曙蓝,半边脸对着那张照片,眼中的太阳渐渐坠落,暮色苍茫。

"那一天,过完劳工节长周末,她要赶回去参加《胡桃夹子》的排练,突然发现她的舞鞋磨出了一个洞,就去找那双备用的。找了很久,眼看着就要迟到,终于找到了,打开盒子,却发现已经不能穿了,她的脚不知什么时候又长大了半号。她没有时间和一双新鞋子磨合。她坐在那里,发了一会儿呆,突然就把鞋子一扔,说妈妈我不跳舞了。"史密逊太太说。

"那是她加入芭蕾舞团的第三个季节。为一桩这样偶然的小事,一双鞋子,说不跳就不跳了,练了十五年。"

史密逊太太当年的震惊,似乎到现在也尚未消耗干净,就像是早晨起床时眼角的眵目糊,夜晚虽然早已消逝,白天却依旧还在替它留存着蛛丝马迹。

"也许世界上并没有真正的偶然。"曙蓝喃喃地说。

"我的鞋子也顶破了。"小书说,"妈妈说我的脚比我的身体长得快,快太多了,所以我总是穿旧衣服新鞋子。"

史密逊太太笑了。小书在不经意间把两个大人从情绪的窄巷里拽了出来。

这时史密逊太太的手机突然响了。她犹豫了片刻,才接了起来。

"是的,还在。"她说。

曙蓝期待着史密逊太太会重复那几句不知已经用过多少个回合的套话,关于面谈,关于时间,关于地点……可是她没有。她只是说了一句"现在我不方便,以后再说",便挂断了电话。她把手机调成了静音,放到茶几上。

"电话很多吗?"曙蓝问。

"记不清了。七十个？八十个？或者更多？只是为这辆车，不算那些。"史密逊太太的手指在屋里画了一个大圈，圈进了钢琴、油画、陈设柜，还有墙角那捆已经绑成一卷的波斯地毯。

"你是说，每一样东西，你都安排面谈?"曙蓝吃了一大惊。

史密逊太太冷冷一笑，说:"你觉得我会把钢琴交给一个一生没听过一场交响乐的保险推销员？把七人画派的画，送给一个从未跨过美术馆门槛的房地产商人？我的东西，只能送给懂得它好处的人。我把五百块钱的标价说成是礼物，你不会反对吧？"

"每一样东西，都是五百?"曙蓝问。

"每一样，都是。"

曙蓝倒吸了一口凉气。

"你不怕有人转手倒卖?"

"我有条件，我不许在短期内转手。这个短期，是十年。十年之后的事，只有上帝知道了。"

"每一个来电话的人，你都约见?"

茶几上的手机扭动着身子，再次发出嘤嘤嗡嗡的声响，像蜜蜂的翅翼在震颤。史密逊太太没理会。

"怎么可能？每一个人都见的话，我需要三个秘书。"

"那你怎样决定谁该见，谁不该见？"

曙蓝知道自己已经问得太多，她只是忍不住。好奇也是一种毒瘾，染上了，就很难戒除。一旦越过了警戒线，一步和三步已经没有区别。

"听声音就知道了，一句话就闻得出气味。"史密逊太太说。

"我爸爸在办公室打电话过来，我就闻得出他喝了酒。"小书说。

"你爸爸常喝酒？"史密逊太太弯下身子，问小书。

小书在抚摩着流氓，一只手朝左，另一只手朝右，双手交会的时候有一个小小的停顿，仿佛在相互致意。小书抚猫的样式其实更像是在抚琴，流氓的呼噜声随着小书的手高低起伏。

小书摇了摇头，说："我爸爸很少喝酒，所以他喝了酒，我就闻出来了。"

"安全吗？这些人，你让他们，到你家里来？"曙蓝问。

曙蓝知道史密逊太太的舌头也在渐渐走近一条警戒线，她只能用一个问题把另一个问题拦截在途中。

史密逊太太的脸色变得柔和起来。线条和轮廓都没变,变的只是质地,曙蓝在史密逊太太几近干涸的表情中找到了隐约一丝潮润。

"每一个进我家门的人,我都保存了信息,我和我的律师各有一份。在进门之前,我都会事先告诉他们我拥有目前世界上最先进的监控系统,这个家里没有死角。"史密逊太太平静地说。

曙蓝突然觉得墙纸上那些罂粟花蕊都是大大小小的眼睛,每一只眼睛都窥见了她肌肤上的每一块瘢痕,肚子里的每一个小心机。她一身的汗毛都唰唰地竖立成针。

"我没有事先警告你,是因为小书让我分了心。你的孩子有点与众不同。"史密逊太太说。

"蓝,我们开始吧,我想问你几个问题,就像我问每个人一样的问题。"

曙蓝的屁股抬了一抬,那是告辞的姿势,却被史密逊太太的声音按住了,一时无法动弹。

"你现在从事什么职业?"史密逊太太问。

曙蓝踌躇了一下,小书却已接过了话头:"我妈妈在学习园艺,将来要做园艺师。我妈妈不喜欢你的花园,说太整齐了,没有生命。"

曙蓝无地自容。她想把一句直接的批评修剪成婉转的解释,可是她没有工具。在母语中她是一个设施完善的高级形容词加工厂,在第二语言中她只是个街道企业级别的简陋车间,只能生产品种极其有限的名词和动词。她的嘴唇颤动了几下,预演着长篇大论的道歉,最后走到舌头的,却只是一个反反复复的"sorry"。

"史密逊太太,对不起,我和我女儿浪费了你太多时间。其实,我只想告诉你,我不想要那辆车了。"

史密逊太太吃了一惊。

"你赶了这么远的路过来,就是想告诉我这个?"她问。

都是阳光惹的祸。就是车顶上反射过来的那一缕阳光,割伤了曙蓝的眼睛,把她从铺着速度和激情的高速公路上拽下来,推入充斥着保险汽油维修停车费这样乏味想法的烂泥淖中。世上许多重大决定,起因都是米粒一般大小的偶然事件,比如舞鞋上的一个洞眼,就能瞬间把一个芭蕾舞娘变成一个毫不起眼的售货员。她不知道自己为什么要把洁西后来的生活钉在售货员这个位置上,尽管洁西完全可以是一名律师,一名教师,甚至是一个她母亲憎恶的保险销售员。也许,世上压根儿没有什么偶然。每一桩偶然的身后,其实都有一长串的必然在推动。可是人能看见的,只是那个最终定格的瞬间,而不是身后那个冗长的过程。

"我现在还没有正式工作,养不起这样好的车。我事先没有好好想过。"曙蓝嗫嚅地说。

曙蓝叫了一声小书,小书知道是什么意思,却假装没听见。曙蓝又叫了一声,小书拍了拍流氓。流氓也假装不知道,纹丝不动。小书只好又推了它一把,流氓这才百般不情愿地下了地。

小书跟在曙蓝身后,走到门厅,坐在鞋柜上穿鞋子。流氓一路跟过来,绕着小书走了几圈。流氓把身子竖起来,搭上了小书的膝盖。流氓的鼻子贴着小书的鼻子,流氓伸出了舌头,湿漉漉的,舔着小书的鼻子,一下,又一下。

"妈妈,我们可以再待五分钟吗?我舍不得流氓。"小书恳求道。

"我们已经耽误了史密逊太太很多时间,我们必须要走了。"曙蓝说。曙蓝的语气温婉而坚定,像裹了一根铁丝的棉花棒。

小书只好站起身来。流氓把身子擀得很长,挡在小书身前,尾巴剧烈地摇晃。

"妈妈,以后我们还可以过来看流氓吗?"小书问。

"史密逊太太要搬家了,以后,流氓会去一个新的地方。"曙蓝说。

"妈妈,我好想流氓。"

曙蓝发觉小书的声音破了，低头看小书一眼，惊异地发现了她眼中的泪水。小书很少哭，曙蓝总觉得小书的泪腺是密封在一根不锈钢管里的，可是今天，钢管有了裂缝。有一样说不清楚的东西在曙蓝心里搅动了一下，她的心也有了裂缝。她搂住小书，母女俩站在陌生人的门厅里，相拥无语。

终于，曙蓝松开了小书。

"小书，妈妈保证，明年我们一定搬家，你就能养一只猫了。"

她们推开门，沿着那条引着她们进来的车道，走到了外边。正午的太阳气势正凶，将潮润的浓绿晒成干枯的褐黄，蝴蝶在半凋零的日本绣球树丛里飞进飞出，翅膀几乎和背景混成一色。曙蓝伸出小拇指，弯成一个圆，小书也伸出小拇指，套在曙蓝的小拇指里，两人勾着手指走到了树荫底下。那里是另外一个季节。

曙蓝回过头来，突然发现史密逊太太的房子不见了。就在她们沿着草地的边缘往街面走的时候，她们的身后起了一场大雾，和早晨她们来时一样的雾。雾气像一团厚薄不匀的棉花，在稀薄之处扯出一些洞眼。从洞眼望进去，隐隐可以看到房顶的尖角，可是很快就有厚的雾气追上来，补上了前面的洞，房子最终无影无踪地消失在雾气之后。

"什么个天啊。"曙蓝轻声自语。

"妈妈你在说什么?"

小书在人行道边上站住了,仰脸看着路边一个男孩放风筝。风筝是一头橙黄色的金鱼,飞得很高,尾巴在风里唰唰地舞着,一下一下地剪着天。

五

史密逊太太站在窗后,看着曙蓝和小书手勾着手,沿着那条环形的车道行走。走过那辆宝马车的时候,曙蓝似乎慢下了步子,但也仅仅是慢下步子而已,并没有停留。她们在说话,她听不见她们在说什么,但是她的鼻子闻到了她们说话的气味。那是牛奶、蜂蜜,或许还有野花混杂在一起的味道。那是夏天的味道。

要是日子能像电视节目一样,可以回放,她一定会拨回到洁西只有小书那么大的时候。日子要是能回到那个时候,她就会懂得,洁西的童年和少年不光有舞蹈课、排练场,也还可以有溜冰场、睡衣晚会,再往后还可以有浅尝辄止的毒品、偷偷摸摸的约会、藏在书包最深处的避孕药,等等,等等。洁西的童年和少年是一张纯净的白纸,白纸的另一个定义是乏味。洁西是为了寻找别的色彩才厌恶了芭蕾舞的，舞鞋上的破洞只是骆驼背上的最后一根稻草。

假如日子能回到从前，她和洁西的关系，也许就不会是每个月一通的电话，一年两次的见面，一次在圣诞节或者感恩节，另一次在她或她的生日。假如日子能回到从前，她也可以把小拇指弯成一个圆圈，让洁西勾着她的手指一起散步，在家门前的草地上，或者更远，就像那一对中国母女那样。

不，假如日子可以回放，她会回到更早的时候，回到那个她决定辞去教职，成为提姆·史密逊的专职秘书和保姆的日子。她无法改变那一天的决定，她只想把那一天从她的记忆中剔除，让那一天成为她生命中的一个空白，如同有病的心脏漏跳的那一个节拍。

那个日子教会了她诅咒。她诅咒每一个孕育了那个日子的日子。她也用同样的恶毒，诅咒每一个从那个日子里衍生出来的其他日子。她不怕使用那些恶毒的词语。她不怕下地狱，因为她已经在地狱。

她看见曙蓝和小书绕过停车道，走到草地的外沿，渐行渐远，即将成为街面上的两个小黑点。曙蓝似乎回了一下头，刹那间她的心动了一动，几乎要跑出去喊住她们。

她很想告诉她们：那个不能短期转手的条件，其实只是一句没有任何约束力的空话，除非她把它白纸黑字地写在合同里。而她，没有跟任何一个从她家拿走任何一样东西的人签署过任何一份合同。那个叫蓝的中国女人，其实完全可以把这辆宝马从她家开走，直接开到二手车行，换一辆便宜结实的日本小车。从这桩交易里挣下的钱，足够供她十年的汽油和车保险费用。

不，不能。史密逊太太的脑子在最后一刻踩停了刹车，她的脚最终没有迈出那一步，因为她想起了出手这些物件的初衷。她不是为了助人。或者说，助人不是她的主要目的。她的真正意图只有她自己知道。或许，提姆也会知道，但不是现在。

她不能，绝对不能偏离最初设计的那条轨道。

那个叫蓝的女人看起来有点蠢，因为她是这么多来面谈的人中唯一一个没问"为什么是这个价"的人。这个女人蠢得让她有点感动，因为她也是唯一一个想到了主人是否安全的人。这个女人没有问应该问的问题，却在一个与她毫无关联的问题上分了心，让一丝忍不住冒出头来的良善推偏了路途。

是的，她是喜欢这一对母女，从那个小女孩说出蒲公英的那一刻起。喜欢？史密逊太太吃了一惊。她已经很久没使用过这个词了，它不知何时已经成了她字典中的生僻词。这个词走过她的脑子时，几乎有些扎肤的微疼。

生命中所有的陷阱都是来自同情和冲动。那个女人可以偏离轨道，她却不能。她有她的标准，钢丝一样冰冷而不容弯曲的标准。这辆宝马，还有这一屋已经包装或尚未包装的物件，都只能以象征性的价格，出售给某一个类型的女人。落在她标准范围之内的女人，必须是单身，独自维生，不被男人供养也不供养男人。她只能依赖面谈的那一刻钟，至多半小时，来筛选那些女人。她问她们的问题，都是经过精心设计的，她能从中不露痕迹地得到她所需要的信息，却又不至于让人抓着把柄，惹出各种与肤色性别年龄纠缠不清的歧视指控。二十多年的秘书职业至少让她掌控了在效率和法律中间走钢丝的本领。这个叫蓝的女人没有戴结婚戒指，衣服明显地在洗涤剂里走过了多个来回，颜色和针脚都已磨损，她看起来急需一辆仅仅作为交通工具使用的二手车。但这个女人没有给她机会进入她的生活，她甚至没来得及在她的生活表层浅浅地刮破一层皮。她不知道这个女人有没有男人，她不能用这辆宝马纵容这个女人去帮助一个男人，让男人慢慢滋生出足够的力气，来一脚踢开这个女人。

流氓跳上窗台，摊平四肢躺下来，在咝咝的冷气中继续它的午觉。它的耳朵轻轻地抖动了一下，不知道是不是在做一个关于小书的梦。手机又开始震动。满屋飞着蜜蜂。

嘤嗡。嘤嗡。嘤嘤嗡嗡。

这一次,她会去接。还会有别的蓝,还会有别的小书,她们不是唯一。没有人是唯一。今天,也许还有明天,她会记住她们。但她不敢担保后天,更不敢担保永远。永远是一个最短命的词。

六

今天,就是今天了。史密逊太太对自己说。

其实,哪个日子都是合宜的日子,只是这个日子比别的日子更合宜一些。

下午她刚刚处理完最后一件需要出手的物件。不,还不能说是最后一件,因为她手里还留着那辆宝马车。她一直没能找到一个合适的买主。今天早上,她突然决定留下那辆车,她想再派它一个大用场。

其实她的车库里还停着一辆本田雅阁,她本来可以开着那辆车去见提姆,可那是一场向往已久的盛宴,她需要一副好吃相。而那辆宝马,正是她的吃相。

她已经很久没见过提姆了。这些日子里,她和提姆之间的所有交往,大至交换法律文件,小至转手一个处方药瓶子,都是通过律师进行。"这样有助于理性地解决问题。"

这是双方律师的建议。连提姆临时住处的地址，她都是通过法律文件得知的。

今晚她决定去见他，没有通知律师，也没有通知他。想象着提姆见到她时的惊讶表情，她忍不住想笑。几个月没见，他左眼睑之下的那块色素沉淀一定又变大了几分，而他的前列腺，肯定也比先前老了，也许老了几年。前列腺的衰老不是匀速运动，过了六十，那便是自由落体，带着滑坡般可怕的加速度。她睁着眼睛都能想起他站立在马桶跟前，抖索着两腿中间那根像变质了的香肠似的玩意儿时的样子。他从未想过关上厕所的门，他没想在她面前掩饰自己，因为她是发妻。发妻知根知底，男人在发妻面前即使是穿着燕尾服也是赤身裸体。

发妻是中国人的说法，她是从提姆那里听来的，而提姆，又是从他的香港客户那里学的。她觉得这个叫法听起来有些韵味，尽管她并不真的理解头发和婚姻次数之间的关系。

这几个月里，律师在紧锣密鼓地工作，她几乎可以听见计时器嘀嘀嗒嗒转动的声音。她并不着急。她聘的是整个加拿大东部最好的律师，七百加元一个小时。律师的费用出自她和提姆的共同银行账户，每割她一块肉，他也得陪着挨上一刀，只要他不喊疼，她就能忍。她很庆幸从小母亲就教她养成了一个好习惯：她从来不乱扔东西。一张当教师时的期终学生评语表，一帧辞职告别晚会上同事和她的合影，一页小产后医院开出的注意事项单子，一张电话留言便条……昨天或者前天留下的一片貌似无用的垃圾，却能在最意想不到的时刻，成为今天的宝贝，给人制造一点小小的麻烦，或者提供一点小小的便利，甚至成为天平上的一个砝码，为资产分割表增添或削减小数点之前的一个零。她并没有真想把自己的钱包撑满，她只是想让他的钱包变瘪。

其实，她更想从他身上挖走的，是记忆。

律师告诉她，提姆在别的事情上都还算圆通，唯一坚持的，是他们一起居住了二十多年的这座房子。这座房子从第一张设计图纸到外墙上铺的最后一块石头，都是提姆亲自挑选监督完工。屋里所有的家具和饰物，都是提姆从世界各地的古董市场和拍卖行搜寻而来的，一件一件，如燕子衔泥。律师说这座房子对提姆的纪念价值远大于实际价值。

最初她不肯松口，后来终于同意，是因为她的律师让她看过了对方律师起草的文件，上面要求她把房子"完好无缺"地交到提姆手中。提姆的律师很严谨，但还是没严谨过她的律师。她的律师在第一时间里就注意到了一个几乎致命的漏洞，那上面并没有具体标出屋里的装饰物。她可以把房子完好无缺地交给他，不少一片瓦，不缺一块玻璃。但是他搬进去的，却将是一个富丽堂皇却徒有四壁的巨大空盒子。她要拿走的，只是他的记忆。她把他的记忆零敲碎打地贱卖给了一大群素不相识的人，他纵有天下所有的财富，也无法追回每一块碎片，把它们还原成一个整体。一个没有记忆的男人该怎样活在世上呢？他会像月球上的宇航员那样，因为失重而成为一只蝴蝶，一条青虫，在空中笨拙可笑地飘浮爬行？

她不仅要索取他的记忆，她还要索取他的安宁，让他成为既没有记忆也没有安宁的人。

她选了今天去找他，还因为今天是他们初识的日子，四十一年前的今天。他留给她的第一印象就是安宁。他脸上没有一丝可以泄露情绪的破绽，身上也没有。她觉得即使是地震海啸龙卷风在他眼前经过，他依旧还会那样冷静。后来她才明白，他这样的人是老天为商场量身定制的。他在商场打了这么多年滚，却依旧能一个指甲盖也不少地存活下来，靠的就是这份超奇的镇静。

那一年她大学毕业，在温莎的一家公立学校教书，暑期里到北安大略的一个夏令营地做义工，协调组织学生的各种文娱活动。而他那时还在多伦多大学读研究生，学的是机械工程，这和他后来从事的职业没有丝毫关联。他也在营地工作，却不是义工，他是营地雇用的管道工，他想利用暑期的时间挣出下一个学年的学费和生活费用。

她和他居住的宿舍之间，隔着一条窄小的山路，每天早上醒来，她都能听见他在路那头的小树林里吹长笛。他的笛声和他一样，也没有情绪的缺口，悠悠扬扬，拖得很长很长，长得让她觉得他胸腔里长着五片肺叶。后来他就约她在林中散步，居多在傍晚，有时也在清晨。她知道他对她有点小意思，却不清楚那点意思够不够维持到夏天结束之后。

后来夏天过完了，营地关闭，她回温莎，他回多伦多，分手时彼此留了一个通讯地址，但她不敢确定他是否真会给她写信。回到温莎一个星期之后，她收到了他的第一封信，从此他们就开始了热烈的通信。热烈指的是频率，而不是语气。他一周一封地给她写信，谈各种各样的琐事，从学生食堂的伙食，到论文导师的口头禅，到宿舍窗口歇着的鸽子……像是什么都说了，又像是什么也没说。她依旧懵懂，不明白他的意思。她忍不住跟母亲倾诉。母亲说宁静的水流得更深更久，而任何激烈的情绪都注定短命。母亲还说一个人假如不明白一件事情，最有效的解决方法，是直截了当发问。

她听了母亲的忠告，果真主动向他发问，却不是直截了当。她在信中告诉他，她的学校新近来了一位男同事，和她很有话缘，他们在下课之后会一起散步，一起看电影。这一次，她没有像平时那样及时收到他的回信。有一天，她下班回家，却看见他坐在她家附近的人行便道上，手里捏着一朵已经跟他走了一路、开始露出败象的玫瑰。他说他下个学期就要毕业了，假如到温莎来找工作，她觉得如何。这就是他的求婚。这也是他一生中做过的最情绪化的一件事。

他把他的安宁保持了很久。不，不是很久，是永远。结婚以后，她用各种方法尝试过把他逼到墙角，逼到他的情绪像血管一样爆裂。可是她失败了。她发觉他没有极限，即使是公司濒临破产，即使是女儿洁西突然决定放弃芭蕾舞生涯并离家出走，他依旧没有丢失镇静和安宁。

可是，今天晚上，当他看见她以那样的方式，出现在他的住宅门前时，他还能保持他的安宁吗？假如他还能，那么，上帝在制造他的时候一定是打了一个盹儿，抓错了配方，他身上少了一样人人都有的、引发情绪失衡的荷尔蒙。或者是，上帝把包裹他情绪的那层东西，随手换成了金属。

今晚，就在今晚，她最终将成功地突破他的极限。几十年里没能完成的事，将在今晚的几分钟内完成。她将瞬间使他成为一个没有记忆也没有安宁，带着失忆失重失衡的身躯，活至老死的人，假如那样一种活法也可以被叫作活。只是遗憾，她看不到这个结局了。

史密逊太太仔细地检查过了手提包里的内容，然后起身进了浴室沐浴。这样的盛宴值得最认真的准备，她已特意去专卖店买了专门的洗发水、护发素和浴液。今天大概是这一整年里最炎热的一天，空调已经片刻不停地嘶吼了十几个小时，此时已筋疲力尽。她把水放得很凉，凉水触碰到炽热的肌肤时，立刻激起了一层细细的鸡皮。哗哗的水声中，她突然感觉浴缸震颤了起来，梳妆台上的射灯抖了几下，灭了，屋里像被人泼了一桶墨汁，陷入一片没有缝隙的黑暗。刹那间，她以为是地震。她摸黑拧灭了水龙头，竖起耳朵听了一会儿，才醒悟过来那是一阵惊雷。

暴雨来得非常突兀，几乎没有酝酿的过程。飓风把门前的雪杉树压得很低，枝条在窗户和阳台栏杆上撞出咣咣的响声。雨砸到房顶上的气势，听起来像是一万把锤子，让她觉得这座用花岗岩和青砖构建起来的楼房，其实只是一个纸糊的盒子。她摸索着抓过一条浴巾，裹住湿漉漉的身体，坐在浴缸沿上瑟瑟发抖。她不记得见过这个阵势的风雨。也许是她忘了，也许她是见过的，只是那时她在父亲身边，或者在丈夫身边。她几乎是从父亲手上直接递到丈夫手上的，中间没有空白和间歇。有男人在场的雨都不能叫作雨，今夜才是她平生孤独地面对的第一场暴风雨。

电灯闪了一闪，又亮了。光亮带回了胆气，她起身赤脚走过大理石地板，走到窗前，撩起窗帘。外头风势小了，雨也渐渐停了下来，浓云已经开裂，星星在云缝里爆出一点一点的光，新鲜澄净，仿佛什么都没有发生过。

四周安静了下来，暴雨之后的安静里夹带着一丝劫后余生的胆战心惊。这时，电话惊天动地地响了起来，她的心脏一震，几乎停跳了一个节拍。抓起来一看，是个不熟悉的号码。接通了，那头是片刻的犹豫，然后是一个细细的声音。

"你是谁啊？"那头问。

那是一个小女孩的声音。

她几乎被这个问题砸懵。大概是哪家的孩子在随意拿着父母的电话玩。她想。

她想立刻挂线，这时她突然听见那头传来一声鼻息，她无法确定是不是抽泣。

"这个问题该我问你，你是谁？"她说。

"我是小书，Little Book。"那头怯怯地说。

她怔了一怔，才想起那个来过她家的蒲公英女孩。

"你都不知道我是谁,怎么会打我的电话?"她问。

"因为我按了重拨键。"小书说。

她又是一怔。这个孩子,假如不是太无聊,那就一定是太聪明。

"我是史密逊太太,你和你的妈妈,到我家里来过。"她说。

"你家的猫,叫流氓。"女孩一下子想了起来。

"史密逊太太,我们这里断电了,我,我害怕。"

她听出了女孩的声音在颤抖。

"你妈妈呢?"她问。

"我妈妈今天晚上有考试,不能接手机。"小书说。

"你一个人在家?"她听见自己的声音被惊讶撕开了裂缝。

"陪我的小姐姐发烧了,来不了。"

史密逊太太轻轻地叹了一口气,说了半句"你妈,怎么可以……"就停住了。和一个八岁的孩子讲法律讲行为导致的后果,没有任何意义。

"你住哪里?"她问。

七

门开得太急，史密逊太太没有防备，几乎一脚跌进屋里。黑暗中有一只手，摸索着伸过来抓住了她的衣襟。她弯下腰，想捏住这只手，手挣脱了她的手，却伙同另外一只手合拢来，紧紧地围住了她的腰身。她立刻觉出了怀里的温热。一个小小的身体，柔软得仿佛没有骨头，隔着衣服贴着她的肌肤。恐惧如此轻易地吃掉了骨头，蒲公英女孩瞬间变成了一个婴儿。退化成婴儿的女孩窸窸窣窣地抽着鼻子，哭出了声。女孩大概已经忍了很久，委屈像一锅熬得很浓的肉汤，咕嘟咕嘟地从毛孔里往外冒着泡。

"不要，你不要走啊……"女孩抽抽噎噎地说。

女孩的指头几乎陷进了她的肌肤里，女孩害怕一松手，她就会化成烟消散在空中。她隐约听见身上发出些嘎吱声响，她以为是骨头在碎裂，过了一会儿她才醒悟过来，碎裂的不是骨头，而是她的心。她的心在一点一点地瓦解，渐渐溶成了一摊水。

那个女孩依赖她，至少在这一刻。在母亲缺席的时候，这个被黑暗和恐惧逼得穷途末路的女孩，选择相信一个仅仅短暂地见过一面的陌生人。

这是一种久违了的感觉。从前，当洁西还小，还不知道词典里存在着独立、选择、自由意志等词语时，也曾经这样信任依赖过她。每当洁西害怕时，也会这样紧紧地缩在她的怀里，以为她有三个头脑、八只臂膀、九十九个胆子，挡得住世上一切雷电风雨地震海啸黑暗和愤怒。但那是很久以前的事了，久得肌肉早已失去了记忆。而这个叫小书的女孩，提醒了她的肌肉，让她回想起来，她的怀抱也曾是另外一个女孩的天空。

哧。她听见黑暗中响起一声冷笑，那是清醒的自己在嘲笑糊涂的自己。清醒的自己告诉她这个女孩不是洁西，一切关于信任的联想都是黑暗造成的骗局。黑暗的手强壮粗莽，不讲道理，黑暗把陌生人肆意推搡在一起，黑暗消灭形状也消灭距离。但是光明可以瞬间改变一切，黑暗世界里的一切秩序在光明面前都不堪一击。一盏灯就可以立刻让黑暗中聚集的人作鸟兽散，叫黑暗中建立的亲密变得扭捏。

即使是这样，那又如何？她听见糊涂的自己在辩驳。糊涂的自己劝说她不妨享受一下黑暗制造的骗局，因为片刻的温暖也胜过永恒的冷漠。她蹲在地上，搂着女孩，一动也不敢动，生怕一丝略微粗重的呼吸，也会叫怀里这团温热生出疑虑。她终于明白，此刻她需要这个女孩，远胜于女孩需要她。

女孩停止了哭泣，渐渐地安静了下来。她试探着伸出手来，轻轻抚摩着女孩的脖颈。失去了电源的空调形同虚设，屋里的空气厚如胶皮，女孩的头发和身子都是湿黏的。她惊讶体味也有年纪。同样的汗味，在提姆身上泛上来是一股陈腐，而在女孩身上却让人想起草地幼树和扬着絮的蒲公英。没有电的世界里有一种古怪的安静，一些鲜活的东西死了，另一些被埋藏着的声音开始蠢蠢欲动，她听见了她自己的心跳，孩子的呼吸，蜘蛛在墙角吐丝筑巢的呲呲声，微风挤过墙缝和窗缝时的动静……孩子的肚子突然发出了一声响亮的呼喊。那声呼喊拖得很长，中间有片刻迟疑，接着又拐了好几道弯，似乎在向她们提示着饥饿所经过的千回百转的路途。两人不约而同地大笑了起来，笑得几乎失去控制。

"没吃饭吗？"她问女孩。

"妈妈给我留了意大利面，冰箱里。"女孩说。

她松开了女孩，站起来，拿出口袋里的手机，打开了手电筒功能。她发觉她的手机还有百分之二十三的电量，她在脑子里盘算着该怎样分配这百分之二十三的能源，来应付至少还剩了百分之七十五的夜晚。

"家里有蜡烛吗？"她问女孩。

女孩茫然地摇了摇头。

"有手电筒吗?"

女孩还是摇头。

她不知道女孩摇头的意思是"没有"还是"不知道",但这已经不重要了。她说了一声"你妈妈真是的",就停住了。上一次的大面积停电,至少是在十五年前。那时那个叫蓝的女人,还在另一个国度里生活。而这个叫小书的孩子,还是宇宙中的一粒粉尘。很难让人为一场十五年才发生一次的意外,绷上五千多个日子的心。

手电筒把黑暗剪出一个边角模糊的洞眼,在这个洞眼里她发现了一张小小的圆桌,圆桌上放着一个盖子没有盖严的小锅,一个喝了一半的矿泉水瓶子,两只结着嘎巴的碗,一盒还没来得及收起来的麦片——那是早餐留下的匆忙现场。

她把女孩领到椅子上坐下,开始寻找冰箱。屋子很小,几乎没费什么劲,她就找到了。冰箱是半空的,或者说,是半满的。她看见了里面有一只切了一半的西兰花,一盒用塑料纸包裹着的鸡腿,一串布满了黑色斑点的香蕉,三只表皮起了褶皱的苹果,还有一个装着茄汁意面的黑色塑料盒子——那是超市里买的速食餐。她把那个塑料盒子拿出来,放进边上的微波炉里,徒劳地按了几次按键,才意识到了自己的荒唐。她已经不能想象在电被发明之前的日子里人是怎样生活的，有过电的人永远无法再回到没有电的日子，有过电的人只能饿死在黑暗里。

她在女孩的对面坐下来，拿过一个脏碗，从早饭剩下的麦片盒子里，沙沙地倒出半碗麦片，递给女孩。女孩接过来，把麦片倒在手心，再倒进嘴里，满屋便都是麦片被牙齿挤碎时发出的嘎啦嘎啦声响。

她轻轻叹了一口气。

"你喝点水。"她把那个剩了一半的水瓶递给女孩，女孩接过来，咕咚咕咚地喝着，响声刺耳。

"平常你都吃速食晚餐？"她问女孩。

女孩没有立刻回答。女孩咽下了嘴里的食物碎渣，才说："我妈妈暑期课都安排在晚上，白天打工，有时候没时间做饭。"

"她上课的时候，你都自己在家？"

女孩不知道这个问题引出的回答，会走向一个致命的陷阱，一脚踩进去可能万劫不复。

"暑假才有问题。平常我放学之后有课后班，妈妈下班后来接我。晚上妈妈上课的时候，小姐姐会过来陪我。"女孩说。

"小姐姐？"史密逊太太疑惑地问。

"小姐姐的妈妈是我妈妈的同学，我妈妈让我叫她姐姐。"

"你妈妈不在家的时候,小姐姐每次都来陪你吗?"

"小姐姐来不了的时候,妈妈说我可以随时给她打电话。可是今天她考试,老师说不可以看手机。"

史密逊太太沉默了。她有话,但不能说。不能说的话像炸药的引信,在身体里慢慢地潜行,走过的地方都灼热。那是愤怒。她得把愤怒留存着交给孩子的母亲,那个叫蓝的女人。

孩子看不见史密逊太太肚子里那条滋啦滋啦地冒着火花的引信,女人的沉默让她害怕。

"对不起,我打了你的电话。"女孩怯怯地说,"妈妈叫我有事别找房东,房东很难缠。"

史密逊太太把桌子上的麦片碎渣掸到脏碗里,又把脏碗放进了洗碗池。犹豫片刻,她才问:"你爸爸呢?"

这个问题女孩已经被问过多次了,被老师,被临时照看她的小姐姐,被同学,被同学的妈妈,被房东,甚至被素不相识的路人。每一次,她都会保持沉默。可是这一次,她不想沉默。她不敢沉默。她觉得只有持续地说话,才可以留住这个几乎陌生的女人。与恐惧相比,饶舌是一个微不足道的小毛病。

"我爸爸……在监狱里……中国。"女孩说,语气稍微有些结巴。

史密逊太太吃了一大惊。关于那些成了单身母亲的女人，她想过许多可能性。丧偶，遗弃，婚外恋，家暴，一夜情，甚至强奸案的受害者……她那个范围极广的可能性单子上，唯独漏掉了监狱。

她深吸了一口气，用尽量平静的语气问女孩："是为什么？"

爸爸的事在女孩的心里压了很久了，已经压成了一坨锈铁。她以为真相很重，吐出来一定会伤着筋骨，没想到这个过程竟然这么容易。她还太小，她尚不懂得黑暗使万事万物变质，黑暗是润滑剂，黑暗是真相溜出嘴巴的最便捷路径。她本来是想说"我不知道"的，可是脱口而出的，却是另外一些句子。

"我爸爸的公司借了很多钱，还不出来。我爸爸说还是蹲监狱吧，蹲监狱就可以不卖房子……"女孩说。

女孩还想说更多的，可是史密逊太太却已经不想再听。她以为她打开的只是一个锁着好奇心的玩具盒子，跑出来的却是另外一些东西。她不想在一个孩子的舌头上找到魔鬼。

"我的手机，现在只有百分之九的电了，只够我们找到床，躺下，等待你那个不负责任的妈妈。"她对女孩说。

她俩沿着手电筒剪出来的那个窄小光圈，朝卧室走去。女孩牵着她的手，风暴之后的夜晚渐渐凉快下来，女孩的手不再炽热。

"我爸爸的事，请不要和我妈妈说。是我偷听到了外婆给我妈妈打的电话，妈妈以为我睡着了。"女孩的一个指头轻轻地划了一下史密逊太太的掌心，史密逊太太的手颤了一颤。

"今天我们睡妈妈的那个房间，好吗？我的房间只有小床。"女孩说。

史密逊太太怔了一怔，才明白过来，女孩是想让她和她躺在同一张床上。

她没脱衣服，也没让女孩脱衣服，两人和衣躺在被罩上，各枕一个枕头。不知挂在哪面墙上的石英钟发出刺耳的聒噪声，夜晚已经走了一半的路程。她关掉手电筒，把最后的那点电量留给某个可能发生的紧急状况。女孩很安静，一动不动，但她知道她还醒着，因为她看得见她的眼睛在黑暗中闪亮，像半夜里匍匐在屋角的流氓。

过了一会儿女孩开始挪动，窸窸窣窣。女孩不是在翻身，而是在朝她慢慢地靠近。女孩有些忐忑，身子紧绷着，犹疑不决，试试探探，后来把头枕在了她的胳膊上。女孩头发上的潮气穿过史密逊太太亚麻衬衫上的纤维毛孔，渗入她的肌肤，她隐隐感受到女孩脸上细细的绒毛。女孩渐渐地放松下来，最终放上了身体的全部重量。史密逊太太知道她刚刚浆洗过的衣服将会留下惨不忍睹的褶皱和汗迹，而她的手臂很快就会麻木，可是她一动不动。

这几个月里，她和上帝有过无数次对话，有愤怒的质问，有卑贱的祈求，有进三步退两步的讨价还价，也有绝望的最后通牒。其实，这些都不该叫作对话，那只是她一个人的独白，是她的谵妄呓语，而上帝从未回过话。

直至今晚。

这个躺在她身边、把汗津津的头靠在她胸前的女孩，就是上帝的回答。她见过了太多的魔鬼，她忘记了天使的模样。上帝让她经由魔鬼，看见了天使。

"宝贝，你睡吧。我在这里，哪儿也不去。"

她听见黑暗中有一个声音在说话。那是一个陌生的声音，音调语气用词都陌生。过了一会儿她才明白那是她自己的声音。她不知道她砂纸般粗粝的心怎么能发出这样丝绸般的声音。

女孩的呼吸渐渐粗重起来，腿突然蹬了一下。

"妈妈毕业……搬家……猫……"女孩断断续续地说。

这是女孩陷入沉睡之前说的最后一句话。

八

暴风雨降临的时候,曙蓝的试题正写到一半。灯短暂地灭了几分钟,就恢复了正常,打断了的考试,又从断茬儿上接续了下去。当时教室里的人都不知道,这是学校的备用供电系统在运转。还要等到更后来,他们才会从新闻里得知,刚才这场老天突发的脾气,已经把一个城市揉成了一块千疮百孔的破布,东半城的大部分街区,都陷入了停电状况。就在他们埋头写试题的时候,他们家冰箱里的鸡肉和火腿肠,正在慢慢改变颜色和质地。冰淇淋心急一些,已经化为稀粥。

曙蓝走出校门,发现城市已经面目全非。没有了路灯的街道,突然失去了边界和线条。星光里的街面和建筑物松散、肥大、模糊,像是一块块被水浸泡过的蛋糕,路中间到处散落着被风刮落的树枝、垃圾、瓦片和广告牌。没有电的世界成了一部拙劣的科幻小说里的地下城,曙蓝腿上的肌肉突然失去了记忆,她几乎迷路。她的脑子一下子裂成了几片,一片管眼睛,一片管腿脚,一片管手,各司其职。眼睛在陌生的道路上焦急地搜寻着熟悉的地标,腿脚小心翼翼地绕开路面的水坑,手则从书包的隔兜里惶乱地摸索着手机。

她焦急地给家里打电话。

忙音。忙音。还是忙音。

后来她才知道是家里的电话没挂好。但这一刻，在路上，飘过她脑子的却是些别的念头，每一个念头都是黑色的。她觉得脑子分成了更多的小块，最后散了一地。

终于找到了平常搭乘公车的那个站台。她站在空无一人的候车亭里，抬头看见玻璃房顶上有几片被雨水打湿了的枫树叶子，平平地伸展开来，像愤怒的手掌。月亮是极为细瘦的一小沿，暗得几乎照不亮自己。街上的车辆稀少，车速很慢，经过失去交通灯管辖的路口时，犹犹豫豫，不知所措，轮胎溅起的积水稠黏如墨汁。

她等了很久，公车一直没来。她持续地给家里打电话。依旧是忙音。她从手机通讯录中找出了房东的号码，刚拨通，却又立即挂了。她六神无主地发了一会儿呆，有一瞬间几乎想拨打911，却最终没有。她知道拨打这个电话的后果。

后来她放弃公车，改招优步，可是优步迟迟没有回应。这个夜晚还行走在街面上的人，大概有一半都在呼叫优步。而又有几个优步司机，愿意在这样的夜晚出门？

到此时她已经在街上等了整整一个小时。一小时是她的极限。耐心是在一小时零一分的时候突然磨穿的。她决定拦车。

她冲到街心，挥舞着手臂，大声喊叫着："Help me, please!"风把她的头发吹成一丛翻飞的芦苇，空气很沉，压得她汗流如水，背包在空中甩出一个个疯狂的半圆。那一刻她的样子看起来像一头得了失心疯的母狮子。有几辆车从她身边缓慢地经过，又谨慎地绕开。新闻里每天都在播报抢劫、绑架、强奸、谋杀的消息，都市把人的心磨得很硬，暗夜里救助一个陌生人已是上一个世纪的传奇故事。曙蓝对着每一辆开过来的车嘶吼，却没有一辆车为她所停。

她很快就扯破了嗓子，声音开始嘶哑。呼吸的时候，她觉出了喉咙里的腥咸。今晚她的嗓子是纸，而脸皮却是金刚石。今晚没有什么东西可以磨破她的脸皮。

也不知过了多久，终于有一辆车在她身边停了下来，车窗摇下，探出一颗花白的头。

"搭车？"那人问，声音孱弱如游丝。他握着方向盘的手老得像千年的树根，他看上去大概一百三十九岁，经过了三个世纪五场战争十九次地震。

就在他摇下车窗的那一刻，她已经飞快地用她的眼睛称过了他的力气。她知道以他的这副筋骨，她使出七八分力气就能和他打成平手，她不用恐惧意外，因为他能制造的所有意外都在她的掌控范围之中。当然，她并不知道他肯为她停车的原因。老头在摇下车窗之前,也已经目测过了她的身量和气力,她看上去不像一个有危险的人,她仅仅是焦急而已。即使她携带着他这一把年纪依旧没能看透的危险,他也认了。他刚刚从急诊室出来,他已经过腻了只身一人在医院里进进出出的日子。在他这个人生阶段,他的死法早已经不是悬念:一张病床,一堆管子。和这样乏味的死法相比,死于一场冒险也还算合适。善心就是在这样小心翼翼的盘算中,冒出了一个难以想象的芽头。

"进来吧。"老头说,"我的汽油量已经很低,出门的时候太急,忘了加油。现在加油站都不工作,我只够开十五公里,那是到我家的距离。我没法把你载到家,只能顺路把你捎到一个路口。"

她坐进了他的车。他说着他的抱歉,她说着她的感激,其实谁也没在听。两人各有各的心事,一路无话,只听着车轮在积水中唰唰地开着路。后来他把她放在了一个路口,从那个路口到她的家,平常步行大约需要二十五分钟,可是那天她只用了十分钟。她不是在走,而是在急跑,或者说狂奔。星光很暗,路上的她看不见自己的影子,泡着两汪水的运动鞋随着她的每一个步子发出咕叽咕叽的响声。她一次又一次地绊在石头上,一次又一次地踏入水坑里,那个夜晚她才第一次知道这个都市的街面像出过天花的脸颊一样凹凸不平。可是她一次也没有摔倒。每当她的膝盖弯软下去的时候,她的腿骨总能在最后一刻将她扶直。那天她感觉她的腿成了她的脑子,霸道却冷静地指挥着其余的身体。

拐入她家那条小街的时候,她慢了下来。沿街的屋子里几乎都没有光亮,街道安静得让人毛骨悚然,她不想惊动房东和邻舍,她有秘密需要保存。她的身子慢了下来,心脏却还没有。当她蹑手蹑脚地走到自己的门前时,她觉得心脏猝然间膨胀了起来,像一团发得太过的面,厚厚黏黏地要从她的身上找到一个出口。她感觉到隐隐的疼痛,但说不清楚是哪里,似乎是喉咙,似乎是心口,又似乎是鼻孔。她的手颤抖得厉害,怎么也捏不稳钥匙。就在她摸摸索索地试着打开门锁的时候,门从里面打开了。她只来得及叫了一声小书,就头重脚轻地倒在了过道上。

九

天花板上有星星在飞,每一颗都拖着一条光亮的尾巴,像萤火虫。曙蓝想伸手拽住一条尾巴,好把身子从地上拔起来,可是不行。身子并不重,重的是皮囊。皮囊是一副盔甲,眼皮也是,她扛不动那个重。

浑身上下，唯有耳朵没有重量，耳朵是自由的。耳朵听见一个人在她身边蹲下来，窸窸窣窣地摸索着找东西，先是在她的书包里，然后在她的外套口袋里。曙蓝知道那个人不是小书，凭脚步，凭那个身影在逼近她时传过来的热气。热气也有面积。她以为只有光亮才能制造阴影，可是她没想到黑暗也能制造影子，影子比黑暗更黑。她使出浑身的力气，终于把盖在嘴唇上的盔甲推出一条缝隙。她想问"你是谁"，说出来的却是"孩子"。

星星渐渐消失了。有人在说话。

"我需要你的手机。我的已经没电了。"

曙蓝怔了一怔，才醒悟过来那是英文。她隐约觉得那声音熟悉，却想不起和那声音相匹配的面孔。记忆也穿着盔甲，她搬不动。

那人最终从她的外套侧兜里找到了手机，按亮了手电筒。女人的脸在手电筒撕开的那个破洞中显现出来，光线在五官的凹凸之处聚聚散散，制造出一团团诡异的明礁和暗湖。曙蓝觉得这张脸和这个声音一样，都似曾相识，但是她依旧没能找到那条连接脸和声音的绳子。

"小书刚刚睡着。"女人说。

刹那间，盔甲哐啷脱落，身上的每一个零件都回到了应该在的位置。心、肝、脾、胃、盲肠、舌头、眼皮……

每一根血管都畅通无阻，她甚至能感受到血液唰唰流过的温度。这是进入睡眠的最佳状态，可是她的脑子不肯，脑子清醒得仿佛刚刚洗过了一个凉水澡。她一下子想起了那张脸和那个声音的名字。

"史密逊太太，你怎么会在这里？"曙蓝惊讶地问。

"这已经不重要。我需要送你去医院。"史密逊太太说。

曙蓝摇了摇头，用肘子撑起身子，靠着墙壁坐了起来。

"我没事，只需要喝一口水。刚才，跑得太急了。"她说。

史密逊太太用手机引着路，走到厨房，拿起那个留有早饭和晚饭两顿麦片屑的脏碗，在水池里冲了冲，接了一碗水，递给曙蓝。曙蓝急切地喝着水，咕噜咕噜几乎像牛饮。史密逊太太也在地上坐了下来，两人并排，相隔的是一个尴尬的距离，比熟人稍近一些，却又没近到朋友的地步。

"你知道，在加拿大，把一个八岁的孩子独自留在家里，会有什么后果吗？"史密逊太太问。

曙蓝想说不知道。她其实不像元林认为的那样傻，她完全可以编出一句听起来甚至比真话更诚恳的谎言。元林用逻辑和推理抵达的路途，她可以用直觉和语言。即使她赶不上元林的速度，她至少可以比元林更安全地抵达目的地。但是她不想对这个在没有交通灯的夜晚穿过大半个城市来营救她女儿的人撒谎。

"社会服务部会把小书带走，交给一个暂时收养的家庭，假如被人发现的话。"曙蓝说，"幸亏，她是给你打了电话。"

"你怎么那么肯定，我不会告发你？"史密逊太太问这话的时候，语调上升了一个八度。

"因为，你也和我一样走投无路。你懂。"曙蓝说。

幸亏是在黑暗里，她不用看着史密逊太太的眼睛。有些话，在有灯光的时候，是永远说不出口的，黑暗使人厚颜。

她听见女人跳了起来，不是身体，而是神经。女人的神经唰唰地竖成一片针叶林。

"你凭什么觉得我走投无路？"女人的语调还想往上升，可是女人的声带却已经扯到了头，女人的声音撕出了几条裂缝。

这个问题不好回答，因为什么样的答案都残酷。一样是残酷，不如就说真话，真话至少简单。曙蓝虽然清醒了，但依旧懒怠，不想斟字酌句。

"假如不是走投无路,你不会那样糟践一屋子的好东西。"她说。

曙蓝说完后把头埋进膝盖,用胳膊堵上了通往耳道的路途。她期待着女人把声音磨成针锥刀戟,扎穿她的耳膜,在脑子里留下一个边缘模糊的创口。

可是女人没有。女人沉默了很久,久到曙蓝觉得女人已经默认了她的指控。女人最终也没有回话,等到女人再开口的时候,话题已经转了方向。

"你还是说一说那个关在监狱里的人吧。"

十

曙蓝和元林结婚的时候,住的是租来的房子,他们在北京都没有根。她老家在浙北,父母是退休教师,虽然家境比元林强一些,却也没有多少积攒,账户上的余钱相对于帝都的房价只是杯水车薪。

起初母亲是反对的,是父亲拦阻了母亲。母亲反对的理由是"怕家庭背景有些不同",而父亲反对母亲的理由是"要相信小蓝的眼光"。那是教书先生之间的说话方式。教书先生教惯了书,即使不在教室里,还以为是在人前,说起话来斟字酌句,都经过了筛网,无论是支持还是反对都是细颗粒的。曙蓝听得出里头的意思。母亲怕元林有种种凤凰男常有的毛病,父亲担忧女儿在挑三拣四之后成为剩女。曙蓝听是听了,却没听进去,曙蓝不想为或许发生或许不发生的事情操心。她认识元林时,元林的收入在他的同行中已经是翘楚,但这不是她决定嫁他的唯一原因。她只是觉得元林是她的药,元林用直截了当简单果断的理科思维治好了她无病呻吟拖泥带水的文科病症。

小书三岁的时候,他们买了房子,在京城四环边上一个不错的地段。虽然那时的房价还没有到今天的程度,但首付对工薪族来说也已是个天文数目。元林的公司发展得很快,元林在公司里也发展很快,元林在五年之内成了副总。这两样速度叠加在一起,元林年收入的增长率就是一个几何倍数。开始的时候,曙蓝还是大致了解元林银行账户里的状况的,后来元林又开了几个账户,她渐渐地就迷糊了。偶尔想起来问元林家里到底有多少钱,他的回答是"很多"。

"数字对有概念的人来说就是数字,对没有概念的人来说是负担。"这是元林的原话。她便不再过问。她至今想起来还是感激元林的,因为元林在拥有N多个账户、并在几个城市都置下房产的时候,并没有要求她辞职,成为全职太太,尽管她是在事后才知道他的真实资产分布状况的。

现在回想起来，当那个巨大的脓包还只是一滴几乎可以忽略的积液时，她其实就已经看到了蛛丝马迹。家里那些接起来却不开口的神秘电话、上超市买菜时身后时隐时现的尾巴、学校停车场里车身上莫名其妙的刮痕……当时她就想到了元林，但她的想象力只够带着她走一条最常见的路。她觉得元林在外头有了别的女人，毕竟女人是所有发迹故事里不可或缺的一个章节。

其实她开始对元林产生怀疑，还不是这些事，这些事只是把她的怀疑串成了一条线。元林的电子设备密码都很刁钻，微信也不设内容提醒，他的手机是一座壁垒森严的城，曙蓝从未奢望过攻城。但元林身体的那座城却是敞开的，并未设防，曙蓝从门外一眼就看进了底里。元林在床上的样子变了，元林在床上有了另外一张脸。床上的元林有点穷途末路的样子，姿势、手法、位置、力度都与先前不同。他把她的身体变成一个实验室，他摧毁、建立、撷取、验证，进行着各种复杂的实验。开始时总是野心勃勃，似乎要从她的身体里掏出一个不是她的她，但结果总是虎头蛇尾，力不从心，因为她始终还是她，无论在什么实验条件下。完事后他总是立刻背过身去，不想让她看见他的脸。可是脊背也有表情，脊背的表情无法涂改遮掩，脊背上明明白白地写着沮丧，有对她的，也有对他自己的。

她就知道元林的身体渴望新钥匙,他想用新钥匙开一把旧锁,可是旧锁不认新钥匙,新钥匙也不认旧锁。于是他们就只能隔门相望,他进不来,她也出不去。

后来他就不再尝试。

她没想到,在元林的故事里,女人只是一缕微不足道的过眼烟尘。

最初几年他们在一起的日子还是和谐的。激情谈不上,激情不是任何一个配偶可以给予的,配偶能给的只是短暂的欣赏和长久的容忍。他们至少是有共同的目标的:抚养孩子,供房贷,照顾双方父母。元林和曙蓝都同意孩子不能由老人带,因为老人在孩子身上留下的痕迹,需要孩子的父母清理一辈子。他们照常上班,把小书作为一个包裹,在托儿所、幼儿园和小保姆之间来回传送。金钱是一张可粗可细的砂纸,磨去了人际关系中大大小小的沟壑,造就了一个感恩戴德的婆婆和一个放心的岳母。婆婆、岳母和故土一起被他们留在了远方,以供平常日子里怀念,节假日时拜访。他们不用像他们的同学朋友那样,由于捉襟见肘的经济状况而把老人招来身边替代保姆。于是,婆婆的挑剔终究没有机会显现给曙蓝,岳母关于凤凰男的种种疑虑终于也没能落到实处。那几年里曙蓝见识了日子的琐碎,但没有触摸到日子的粗粝,粗粝是后来才来的,来得很突兀。

没有人能把婚姻最初的状态维持下去，即使是灰姑娘和王子的故事，也止于婚礼。日子是河流，人站在水中，水时时刻刻在朝前流，人时时刻刻在蜕皮长大变老。人留不住水，水留不住人，人也留不住自己。

曙蓝以为街面上流传的凤凰男故事只是一种拿出身论英雄的刻薄责难，她没有看穿元林皮囊之下血肉里藏得很深的那点自卑，也没能把零星的现象追溯到本质的源头。她不知道从凤凰男到英雄是一个贯穿一生、有始无终的浩大换血工程。元林需要向世界证明身世之说的荒谬，向他的父母，向他的妻女，向他的叔叔伯伯，向每一个童年时打过他的男孩，向每一条小时候咬过他的狗，向每一个曾经拒绝借钱给母亲的邻居，向每一棵见过他流泪的树木，向所有不愿和他约会的女同学，向那些用不屑的眼神打量过他的商场导购……证明了一次，不够，还想证明第二次。证明了第二次，还有第三次。欲望也是毒瘾，掉进去的过程很短，爬出来却需要一生。先是浓密的发际线，再是结实的胸肌和小腹，再是光滑的额头，再是泪腺，再是皮实的睡眠……元林一样一样地把自己赔给了路途。等到他再无可赔的东西时，他压上了灵魂。

这都是曙蓝后来才醒悟的，而当时，她却以为他仅仅是赔上了忠诚。她从未真正理解过元林,她认为的理解其实只是误解。那些在他出差时钻进过他被窝的女子,他从来不记得她们的脸,更不用说名字。他从她们身上撷取的,只是身体的欢愉和激情。那些女人经过他的身体,却从来没有经过他的脑子和记忆。他用金钱购买她们的一个个夜晚,就如同他去商场购买一件家里缺失的货物。从这个意义上来说,他从未出过轨,他对婚姻从头至尾忠诚。

当然,那是元林的想法,不是曙蓝的。

曙蓝看到那些蛛丝马迹之后,没有去质问元林,她不想把猜测坐实。曙蓝唯一想做的,是逃离。当她告诉元林她想出国读书时,她以为她要费上一番唇舌。她事先想好了周全的对策,包括理由,包括用词,包括语气和态度,没想到元林立刻同意了,并积极着手替她办理各样手续。

"也该留一条后路。"元林说。她没听懂他的弦外之音,他说的是他的身家性命,她却以为他想要空间和自由。他们总是误会着彼此,他们是走在同一条路上的陌生人。

没想到手续很快就办了下来。临行的那几天,元林下班就回家,陪她们整理行装。该交代的都交代过了:接机人的联系方式,新移民接待中心的电话号码,临时住处,银行账号,御寒的衣物……一个将近十年的家,拆起来放在地球的两处,其实也无非就是几件琐碎。能说的就是这几句，半个小时就说完了。不能说的，给再多的时间也没有用。交代完琐碎，曙蓝和元林几乎无话可说。空气在两人的沉默中被挤压成固体，身子撞上去隐隐生痛，曙蓝几乎想早点动身。

幸亏有小书。元林每天下班就和小书腻在一起玩游戏，小书那几天难得不用写作业。曙蓝知道元林是在弥补，弥补这些年来所有的加班、出差、饭局和懒觉，弥补所有该去而没去的家长会，所有临时取消的春游、秋游，所有买了又作废了的电影院、动物园、游乐场门票。曙蓝没有阻止小书，因为她知道接下来塑造小书会是她一个人的事，她还会耗上长长的几十年，她不怕耽搁几天。

开车去机场的路上，曙蓝和元林依旧无话。自从对元林有了猜疑，曙蓝觉得再也无法和元林聊天。正经话可以用谎言来说，闲话却需要绝对真实。她觉得元林已经对她撒过了谎，她就再也不能看着元林的眼睛聊天。不看着人说的只能是正经话，或者谎言。正经话早已在前几天讲完了，她不想说谎，于是她只好保持沉默。

"那件新买的加拿大鹅羽绒服口袋里有一张全球终身保修证书，你开箱子的时候记得打开来收好。"元林说。

她点了点头。

"等你到了加拿大，爸爸给你从当地预订一个苹果手机,最新的,米妮鼠外壳。"元林对后座的小书说。

"七岁的孩子不需要手机。"曙蓝扭头看着窗外,轻轻地接了一句。

"不装任何APP,只用来接打我的电话,专线。"元林说。

元林这话似乎是对孩子说的,又似乎是对大人说的。大人没接话茬儿,孩子却咯咯地笑了起来,仿佛元林说了个逆天的笑话。

"爸爸你是用大炮打蚊子。和你说话用不着这么贵的手机,电脑上用Skype就行了。"

元林伸长颈子,在后视镜里看了一眼小书,半天才说:"这个辫子,是你自己梳的吗?怎么是歪的。"

小书哼了一声,又忍不住笑:"爸爸,是你歪着头看我,我的辫子没歪,你眼睛歪了。"

小书知道今天是出远门,可是在小书的脑子里,出远门和出近门都是出门,出门随时可以回来,出门和离家没有关系,七岁出的每一趟门都是欢喜。

曙蓝看着窗外的树木已经很是稀疏了,枝丫的分叉处显露出黑黢黢的鸟巢。风吹过长街,隔着玻璃也能听见鸣鸣的响声。人行道边上有梧桐落叶滚过,蜷曲着身子,像一只只捏得很紧的拳头。在她即将抵达的那个国家里,有一个严酷的冬天在等候着她。在春天里适应一个陌生的国度，总比在严冬里容易。可是她无法等候到春天。在元林身边度过一个漫长的沉默的冬季，让她想起来都要打上一个寒噤。她需要像猫那样躲在远处独自舔净伤口。她宁愿在严寒中让伤口结痂，也不愿在暖春中让伤口化脓。只有等那伤口结上痂了，她才可以回来，站到元林的面前，看着他的眼睛，在讲完天气之后，用真话质问他，也要求他用真话回答。不过，也许她压根儿就不用质问，也不求回答，而是简简单单直截了当地递给他一份他只需要签字的文件。

一切的一切，都是在她出完远门归来之后的事。

到了机场，托运过行李，正要进安检门的时候，元林突然拉住了小书。

"怎么看怎么别扭，你的辫子。"元林说。

元林从他的西服口袋里摸出一把小梳子，扯松了小书的辫子，就要给她重梳。大庭广众之下，小书已经知道了害羞，挣脱着不肯。曙蓝轻轻扯了一下小书的袖子，说帮一帮你爸爸。小书困惑地看了曙蓝一眼，她听清楚了，却没听懂。七岁的反抗还没长骨头，七岁的反抗遇上母亲的眼光就蔫软了下来，由着元林摆布。元林坐在椅子上，小书站在他两腿之间，在来来往往的人群里，在行李箱滚轮的嘎吱声中，元林开始给小书梳辫子。元林从未给别人梳过头，笨拙得像一头企图捡起一枚小果子的巨熊，梳了拆，拆了梳，返了好几回工，细齿的梳子扯着小书的头发滋啦滋啦地生疼。小书忍着没吱声。

终于梳完了，小书感觉爸爸编出来的辫子是后脑勺上粘的两根棍子，生生硬硬的，不肯随从她的身体。妈妈又扯了一下她的袖子，妈妈这回没说话，她反而一下子懂了：妈妈是让她过了安检看不到爸爸的时候再拆了重编。

元林找了个路人，给他们三人照了一张合影。照片上三个人都没笑，小孩有小孩的理由，大人有大人的理由。小孩是因为两根别扭的辫子，大人的理由是不能说也说不清的，离别当然也在其中。

这就是元林给曙蓝留下的最后印象。

曙蓝到了多伦多，迎接她的是一场鹅毛大雪。雪下了整整两天，掩盖了所有的街容市貌，她看见的只是一个个大小高矮不等的白色圆包。她突然就喜欢上了这样的单一。污杂当然是有的，不过那是在另一个季节，化雪的时候。

紧接着，她就被卷入了旋风般的生活节奏，踩在银行、学校和各种机构的轮子上飞转，几乎没有落地的时候。她觉得出国前读过的所有关于移民留学生活的小说假若不是谎言，至少也是夸大其词，错位、身份认同之类的讨论只是作家、学者制造出来的饭碗，或者无病呻吟的消遣，与她和小书的日常生活并没有关联。她没有时间去思索故土异乡的话题，她甚至没有时间去想元林。她已经失去了质问和寻找真相的欲望，不是因为怨恨，而是因为忙碌，元林的世界已经离她很远。等她终于有了一刻空闲静下来，她突然发觉自己已成为热带雨林中一根随意插下的枝条，在陌生的土地上不知不觉地长出了细细的根须。

有一天，在等候公车的空隙里，她想起来已经有一阵子没和元林联系了。她站在候车亭子里给元林写微信。写了几句，又删了几句，最后送出去是："元林，我们就分着过吧，对你我都好。"

那天她的脑袋很昏，她不知道这句话是不是她最想说的，想撤回，却已经晚了。

那天公车迟迟不来，她在风里站着，咝啦咝啦地吸着鼻子。她在羽绒服口袋里挨个找手纸，都没有找到。后来她把手伸进了内侧兜，突然发现那里有一样东西，是那张元林曾经交代过她的全球终身保修证书。在拿出证书的时候，她带出了一张叠成麻花的纸，打开了，是元林写下的便条，日期是她和小书临行的那天——那已是几个月之前的事了。

"我知道你为什么要走，我做了一些错事。等我收拾好手头的摊子，我过去找你，我们从头开始。"

元林在写那张纸条的时候，还不知道自己的摊子太大，已经大到了不能收拾的地步。

曙蓝送出去的那条微信，一直没有收到回复，她不知道元林究竟是没收到，还是不想回复。曙蓝想追发一条信息去解释，却又觉得无从解释，就静等着元林打开话头。可是元林没有。当时没有，后来也没有。曙蓝等来的，是母亲的电话。

元林出事了，已经被带走。所有的人都和他失去了联系。

其实在母亲的电话之前，曙蓝就已经猜到了，因为元林交代给她的那几个银行账户，突然同时被冻结。但是她自己的户头里，开始定时收到陌生账号汇出的小笔款项。

她再次收到关于元林的消息，是两天以前。那时元林已经在狱中待了大半年。元林自杀了，用牙刷，半个月前。两边的家人都是在办完丧事以后才告诉她的，他们都不想让她和小书回来，怕再生出变故。

曙蓝看了一下日历，元林选择终结生命的那一天，正是她的生日。元林是借着这个方式给她送了一封信。元林想在她生日的时候告诉她，她得到了自由。

现在曙蓝明白了，元林早就收到了她的那条微信，这就是元林的答复。

只是小书还不知道,她已经永远失去了父亲,一个成于野心也败于野心的男人。

十一

"那天,就在你到我家看车的那天,你接到了他的死讯?"史密逊太太问。

曙蓝点了点头。

"是在进我家门之前?还是之后?"史密逊太太紧追不舍。

"有区别吗?"曙蓝问。

"区别巨大。我想知道,一个刚刚接到丈夫死讯的人,能有心情带着女儿在阳光之下吹蒲公英,那得是个什么样的女人?"

史密逊太太的话戳到了曙蓝的一根神经,唰地挑起了情绪毛孔上的盖子。冲出毛孔的话像枪弹,曙蓝被反冲力震得跳了起来,肩胛骨撞在墙上生疼。

"假如不吹蒲公英,你觉得那个女人该去干什么?再去数一遍账户上的存款?七千七百五十六加元,指望着这笔钱可以供她读完还有一个学期的课程?期待她八岁的女儿在找不到钟点看护的时候可以一个人乖乖地待在家里，外头不会刮风下雨打雷，不会断电断水，而且不会有你这样的好心人去告发给社会服务部？你觉得这个女人可以指望那些因她丈夫的死而松了一口气的人，会每个月继续给她汇款，以防她男人突然起死回生？你坐在一尘不染的豪宅里，每天把家里的宝贝翻几件出来，用五百块钱的贱价，零敲碎打地哄着全城的人围着你开心，就像是拿一根肉骨头哄一群饿狗。看着他们争来抢去的样子，你为自己暗自庆幸：'感谢上帝我不是他们。'而我，就是那闻到肉骨头的味道围着你转的人。那天，我只想让我的女儿用最快乐最自然的状态，赢取你的欢心，为我们争取到一辆急需的车。这些事你是下辈子也不会懂的，夏虫不可语冰。"

这是曙蓝想说的话，而不是说出的话。想说的话在成为说出的话的过程里，被错误的语法、缺失的时态、拙劣的词汇毁得九死一伤。幸好，情绪还在，情绪填补了语言的千疮百孔，史密逊太太至少听懂了曙蓝的愤怒。

史密逊太太被那一排冲锋枪子弹扫射得瞠目结舌，许久，才缓过来一口气。

"The hell is other people。"① 她说。

---

① 他人即地狱。

这是当年她在欧洲文学史课堂上学来的话，在这时毫无预兆地推开亿万块记忆碎片，浮到表层，连她自己都感觉陌生。

兴许，这句话一直就在表层，只是她不知道而已。人最容易忽略的，是眼皮底下的东西。

曙蓝一时没有听懂。

"你不会知道我名字里的那个史密逊，是史密逊百货公司的史密逊。你也不会知道，在成为史密逊太太之前，我的名字是海伦·辛普森，就是那个著名的男装品牌辛普森定制的辛普森。当然，你也不会知道辛普森定制，因为它红透半边天、在每一本时尚杂志上都有插页的时候，你还没有出生。辛普森定制四十年前就消失了，不是因为经营不善，而是因为它更改股权和经营方式，成为了史密逊百货。辛普森定制不是被史密逊百货吞并的，史密逊百货当年还只是一间四面漏风的货仓。史密逊百货之所以能成为史密逊百货，是因为有一个被爱情冲昏头脑的女人，把父亲留给自己的祖传产业，转手交给了自己的丈夫。这个愚蠢的女人，在应该自己挣钱的时候，扔了自己的面包，在丈夫的厨房里讨面包吃。她做腻了丈夫的秘书，把自己闺蜜丈夫的侄女推荐去顶了自己的职。她想都没有想过，那个刚断了奶的丫头，会推开办公室的门，直接上了史密逊先生的床。史密逊太太现在马上要从自己生活了二三十年的家里搬出去,把位置腾给那个可以做史密逊先生孙女的继任。"

女人的话像一驾装了太多货的马车,女人的声带拖不动那样的重量,女人听起来随时要散架。

"所以,史密逊太太,哦不,我是说前任史密逊太太,想在那个幼儿园小女孩搬进来之前清空历史。没错,我就是想惹史密逊先生生气,世上再也没有什么能比这个更叫我解气的了。可是,我也不仅仅是为了让他生气。一个女人愚蠢过几十年之后,总会长点小见识。我仔细挑选着史密逊先生的心头所爱,把它们一样一样地交给合适的人。我是说,合适的女人。那些玩意儿是可以化作学费,化作交通工具,化作和世界讨价还价的资本的。得了我一点小好处的人,说不定就能听进一两句真话。我只想告诉那些女人:谁的钱也不如自己的钱牢靠。当然,这些事你是不会知道的。每个人都是一个宇宙,你的宇宙就是别人的地狱。那是萨特的话,至少,是他的意思。你知道萨特是谁吗?"

"知道一点。"曙蓝轻声回了一句,没有多少底气。

人真是宇宙吗?曙蓝问自己。宇宙太高深了,她不懂。但她知道人都是气泡。每个人裹在自己的气泡里行走,谁都看见谁了，谁又都看不清谁，除非两人相撞，把气泡撞瘪了——那人也就没了命。人不能没有气泡，气泡是用来掩饰真相、保护性命的。人的气泡不能太厚，也不能太薄，太厚了看不清路，太薄了轻轻一碰就破。

"蓝，其实那天，我已经决定把车送给你了。"史密逊太太说。

"为什么？"曙蓝惊讶地问。

"因为你是唯一一个关心我安全的人。"史密逊太太说。

曙蓝轻轻地叹了一口气。

"对不起，史密逊太太，我要不起那辆车。"

"我已经不是史密逊太太了。现在的史密逊太太，是那位刚刚脱下了尿布的人。你不如就叫我海伦吧。再换多少任史密逊太太，海伦还是海伦。"

"海伦，这个城市这么大，小书可以打的，也就这么一个电话。"

两人都沉默了。两个气泡相互走过，距离有点近，这样的距离让人不安。

"我可以把那辆车借给你开的，我来付保险。"海伦说。

曙蓝的回答慢了半拍："我不能要。在世上混，欠的每一笔债都是要还的。"

海伦嘎地笑了起来,那声音听上去像被石头击中的老鸹:"你难道还有别的路吗?除非你想立刻投奔另一个男人。不清不楚地欠一个男人,倒不如清清楚楚地欠我。"

"妈妈啊,妈妈!"这时屋里突然传来小书的叫声。两人同时唰地站了起来,摸黑朝屋里跑去。

十二

曙蓝打开手机的手电筒,看见小书怔怔地坐在床头,头发被汗水湿成一条一条黑色的蚯蚓,在额上胡乱爬行。

"橘子。"小书喃喃地说,眼神迷离。

"什么橘子?"曙蓝疑惑地问。

"爸爸剥橘子,给我吃。"小书说。

曙蓝吃了一惊。

"爸爸在中国,不可能到这里来。"曙蓝抽出小书身下的枕巾,擦拭着小书的脸和脖颈。

"爸爸,你告诉妈妈,我没有撒谎。你说橘子从冰箱里拿出来,要在手里捂一捂,才不会凉到胃。"

曙蓝又吃了一惊。元林的确说过这样的话,在北京的家里。不过那时他说的是西红柿,而不是橘子。

"孩子,你只是做了一个梦。"海伦说。

"不是的,爸爸就站在这里。"小书指着曙蓝的身后说,"妈妈你没看见吗?"

曙蓝觉得有一条阴冷的虫子,正沿着她的脊柱缓缓地爬上来,骨头一寸一寸地结成了冰。她听见脑袋里发出击鼓一样的咚咚声,过了一会儿才明白过来,那是她的牙齿在相互撞击。

"爸爸你不要走。"

小书伸出手来,仿佛在抓着什么东西。曙蓝下意识地朝门的方向看去。门是一团黑影。屋里所有的东西都是影子,只不过有的影子比另外一些影子更黑更深。

他从她的身边走过,她没有看见他。是她不想看见他?还是他不想让她看见?

曙蓝终于慢慢地镇静了下来。元林给她的自由里,并不包括小书。小书是元林的骨血,是元林在这个世界上存在过的唯一铁证,也是他的荣耀和毁灭在地球上留下的唯一痕迹。而自己不是。随着元林的离去,她和元林之间存在过的一切关联,都已灰飞烟灭。她若想找到元林的印记,唯一的途径只能是通过小书。

海伦捏了捏曙蓝的肩膀。海伦的手指冰凉,隔着衣服都叫曙蓝颤了一颤。

"小孩的梦,过一会儿就忘了。"海伦说。

曙蓝扶着小书躺下,给她盖好了被子。

"他给你梳过辫子。"曙蓝贴着小书的耳朵,轻轻地说。

小书睁大了眼睛,仿佛在吃力地回想一桩发生在很久以前的事。

"在机场,你不记得了?"曙蓝提醒小书。

小书的眼睛扑闪了一下,那是记忆之门被突然撞开时漏进来的一丝光亮。

"好丑的。"小书咯咯地笑了。

曙蓝知道,小书会忘的,过不了多久。

小书的笑还没有完全展开,就已经被睡意追上。小书身上的一切都还没有长瓷实,身架、骨骼、思维、记忆,小书的每一种情绪都瞬间即逝。小书身上唯一经得起捶打的,只有睡意。

曙蓝关了手电筒,和海伦坐在小书的床沿上,一个在床头,一个在床尾,听着小书的呼吸声像一股细细的风,轻轻地扫过房间,在滞腻的空气中钻出一条条裂纹。这个夜晚真是沉闷。

"刚才,你看见他了吗?"曙蓝问。

海伦顿了一顿,才说:"孩子总能看到大人看不到的东西。"

"你说，我是不是需要提前搬家？我本来想毕业了再说的。"曙蓝问。

"地址只是找人的一种途径。"海伦说。

海伦站起身，取下挂在床栏上的手提包。

"别以为我会纵容你的行为，一次，我就给你一次机会。假如下次我再发现她一个人在家，你知道我会怎么做。"

曙蓝的嘴唇翕动了一下，她觉得她说了"I promise"，也许她说的是"Thanks"，也许她什么也没说。假如她说了，她希望海伦没听见。

不，她不能保证。现实是岩石，而保证只是一张弱不禁风的绵纸。下一次，假如她还遇见考试，假如她在最后一刻还是没能找到钟点保姆，她极有可能还会把小书一个人留在家中。只是下一次，她长了见识，知道怎样应对突发事件。她绝不会让小书给除了她之外的任何人打电话，她会在第一时间不顾一切地接听小书的来电，哪怕监考官是总督本人。她唯一能真正保证完成的一件事，是把小书养大，只要她不死在小书前头。这是一个天一样大的保证。为了这个大保证，她得撕毁许许多多个小保证，比方说不把小书一个人留在家中，再比方说不给小书吃微波炉速食餐，还比方说陪小书完成每一篇作业。这些她不能确保的保证，是不需要告诉海伦的。海伦的世界里只有白和黑两种颜色，海伦的视网膜不懂得辨识那些存在于白和黑之间的一千层灰。

"按照负负得正的规则，两个地狱相遇，会不会成为一个天堂？"海伦走到门外，又转过身来，问曙蓝。

"不会，只会成为一个更大的地狱。"曙蓝说。

两人大笑。

十三

海伦走到门外，拉开手提包，掏来掏去地找车钥匙。突然，她的手指触碰到了一个金属物件。这物件已经在包里捂了一整个晚上，即使今天是一年里最热的一天，它还是没有被捂热。它依旧冰凉。

那是一把勃朗宁袖珍版手枪，是史密逊先生在置下那座豪宅的同时买下的防身之物。

她这才猛然想起今晚出门前的那个计划。

当时她的设想是，当她按响他住处的门铃，他出来应门时（很奇怪，她压根儿没想过出来应门的也许不是他本人），她会说："提姆，你看。"然后从手提包里掏出这把勃朗宁，不是对着他，而是对着自己，就在心窝的那个地方，扣响扳机。他的反应和他的前列腺一样，起码慢了半拍。在他还没有清醒过来时，他就已经听见了那一声闷响。当他看见她的血在台阶上留下一团一团番茄汁似的污渍时，他还能保持那份保持了一辈子的安宁吗？他的安宁之上布有一百八十道岗，她永远无法直接靠近，她唯一能做的是迂回作战，也就是说，她只能用结果自己来结果他——没有了安宁之后，他就不再是他。

可是，那个她已经盘算了很久、每一个细节都在脑子里碾磨过多次的计划，在还没有迈出第一步时就遭到了绑架，被拖进了另外一条路途。她在那条新路上不知不觉地走了很深，深得她已经忘记了最初的目的。

那个绑架了她的人，是一个叫小书的八岁女孩。那女孩到底是她宿命中的天使，还是魔鬼？也许，在某些时候，天使和魔鬼原本就是同义词。

海伦哆哆嗦嗦地打开车门，坐进去，浑身瘫软，抚在驾驶盘上的手指颤抖得如同风里的叶子。

原来，她站在悬崖边上，离坠落已经那么近。一尺？一寸？还是一分？这一场大停电，或许不是意外。或许，上帝在打盹儿的间隙中，偶然想起用一场停电来救人一命。就像有的战争，就是为了成全或者拆毁一桩爱情。有时候，倾国倾城只是为了一个人。

曙蓝从窗口望出去，海伦那辆本田雅阁静静地泊在路边，车顶上有一层朦朦胧胧的光，介于灰褐之间，像是月色里的水汽，或者水汽里的月色，暧昧，诡异。

海伦没有马上启动汽车。引擎沉默了很久，久得几乎让人生疑。曙蓝正想跑出去看一看究竟，车灯突然亮了，引擎发出一阵哮喘。也许声音本身没有那么响，但夜太静，这样的夜晚什么响动听起来都惊心。一只街猫踮着脚尖跑过，有人打开了靠街的窗户，朝街上尖利地嘘了一声。车子跌跌撞撞地开远后，轮胎碾过路面的声响还在耳膜上沾了很久。

这辆车，假如海伦肯以五百加元的价格出售，她大概不会拒绝。她会欠她，但不会欠得那么沉重，和那辆宝马相比。曙蓝暗想。

十四

曙蓝带着小书，坐在大厅里等着叫到她的号。今天是周二，据说是一周里最清闲的一天，离上一个周末还太近，离下一个周末还很远，旧的兴奋已经蔫软，新的期盼还没长成。这一天里人最不爱动弹，出门办事排队最短。

这是市场心理学家的说法。事实上,今天的等候厅里依旧人满为患,几乎没有一个空座位。曙蓝取到的号是八十九,扩音器里刚刚叫到五十二,隔在曙蓝和窗口中间的,是三十七份耐心。

她开始不露痕迹地打量四周的人,猜测着他们的族裔。印度、斯里兰卡、日本、韩国、波斯尼亚、伊朗、牙买加、墨西哥、叙利亚、索马里……当她在两个相近的族裔间游移不决时,比方说日本和韩国,牙买加和古巴,她就在这两个区域之后加上"那一带",来模糊它们之间的边界,或者说,来提高她的命中率。

她破译族裔密码的那点小本事,是从英文补习班里学到的。她在补习班待过三个学期,从初级班到中级班到高级班。一个班级三四十人,至少有二十个族裔。起初她是从最明显的特征下手的,比如肤色和服装头饰,然后就进入一些稍微复杂的特征,比如口音。她很快知道了印度人分不清V和W,总会把Visa说成Weeza,而东欧人常常会把现在分词后缀ing的那个静音g发成一个响音,南美的一些国家则分不清V和B的发音,经常把这两个字母交替着使用。再后来,她学会了更为微妙精细的划分方法:打招呼时的用词、仪态和眼神。曙蓝无师自通的族裔辨识法在后来得到了不可思议的印证,她几乎总是猜对,即使不能精确到国家，至少也能大致准确到地区。

有一次在课堂上，老师和大家玩了一个游戏。老师要求每人在两秒钟后回答一个问题："假如不需要考虑生计，你会选择哪一种最为钟情的职业？"答案五花八门，几乎全落在意料的围墙之外。班上一位最羞涩安静的印度女孩说想当电视节目主持人，而一位身体孱弱到能被一阵轻风折断的阿富汗男同学则说他最想成为坐在高头大马上的皇家骑警。曙蓝的回答是当一名能破解世界上最疑难案件的侦探，说完她就吃了一大惊。两秒钟的回答没有经过大脑，两秒钟的时间只够经过心，两秒钟快得只够让心直接飞奔到嘴。两秒钟是试金石，试出了一个人的缺陷和渴求，人总是渴求得到自己所匮乏的。两秒钟证实了元林曾经多次告诉过她的事实：她缺乏逻辑。

元林？这个名字几乎有些陌生了。她搬了家，从城东搬到了城南。大都市里城区和城区之间的距离，对许多欧洲和非洲小国家来说，远得几乎已经跨越了国境线。元林没有再来找过小书，她也已经很久没想起过元林，可是他却在这样一个不经意的时刻，毫无预兆地闯进了她的思绪。

不，文科思维不等于缺乏逻辑，是元林偷换了概念。元林只不过拥有了一套与她不同的逻辑系统，元林的逻辑底下铺的是数字和经验，而她的逻辑基石是感觉。元林用他的数字和经验分析投资风险，而她用她的感觉来分辨族裔。她不见得比他笨，就如同他不见得比她聪明。

她突然就明白了，这也是元林给她的自由：元林抽身离去，让她没有遮挡地看清了自己。

大厅里等候的人，除了第一排那个坐在轮椅上的老头，似乎都很健康，至少看不出有立即进医院的需要。"过去的市场表现不能用来预测未来。"曙蓝想起了元林做投资项目报告时经常使用的一句话。那是他和他的同事们为万一事件预备的擦屁股纸，只是元林的万一并不真是万一，元林的擦屁股纸也不够厚实，元林就葬送在了他自己设计的不是万一的万一里。其实，把元林常用的那句话里的"市场表现"替换为"健康状况"，意思依旧成立。"过去的健康状况不能用来预测未来。"医院和医生也需要擦屁股纸，这张纸的正式名称叫健康保险卡。世界很大，等候厅很小，等候厅橡皮口袋似的撑开自己的肚皮，想装下一小片世界。无论它吞进了多少片世界，世界也没能因此变小一些。每天都有这么多的人，从地图上的每一个角落赶来，想获取一张不能保证健康、只能保证生病的小卡片。

曙蓝的眼睛再尖，也还是不够使，大厅里有几个人的族裔她就无法确定。她把他们身上所有的细节特征都排列组合分类完毕之后，脑子依旧模糊，比如坐在她身边的这一位。人似乎总是看不清眼前的事。这个女人的肤色说不清是什么颜色，似乎是白皙的，但那白皙之上又蒙了一层隐约的橄榄色。那层若隐若现的橄榄色在白皙之上抹了一层釉子，将那皮肤涂抹得极为光滑紧致。这样的皮肤是留不住任何液体的，无论是汗水、泪水还是雨水。女人的嘴唇，天，曙蓝从未见过这样的嘴唇，这两片嘴唇可以叫地球停转一周。女人棕褐色的卷发在脑后挽了一个发髻。发髻是正式说法，其实就是一个说不上形状的疙瘩，橡皮筋没有绑紧，漏出几根发丝，在电扇送来的风中飞来飞去，看得曙蓝觉得脖子上痒痒的仿佛爬着虫子。女人上身穿着一件白布衬衫，下身是一条七分牛仔裤，衬衫开了两个扣子，没开的扣子像势单力薄的防暴警察，在吃力地抵抗着胸乳的突围。女人裸露在人字凉鞋之外的脚指甲上，涂着黑色的蔻丹。女人浑身的每一个毛孔都汨汨地冒着青春。女人散发出来的荷尔蒙太过浓烈，一屋都闻得见，一下子冲淡了她身上的族裔特征，曙蓝想不好她到底该来自南美，或是东欧，甚至是北非。

等着吧，等着她开口说话，或许口音能够暴露更多的信息。

可是女人一直没说话，女人只是专心致志地看着手机。女人脚前横摆着一只篮子，篮子里躺着一个沉睡的女婴。女婴很丑，五官扁平，线条模糊，像一团挨了一拳的湿面粉。曙蓝无法想象这样一个美妙绝伦的模板，会产出一个如此拙劣的副本。基因，只能是基因。男人的基因和女人的基因一定是在某个无星无月的暗夜里相遇的，没看清来路，也没看清彼此，剧烈地碰撞了，结果是自伤自残。

曙蓝忍不住被自己的想法逗笑了。

婴儿裸露在被子外边的胳膊抽了一抽，突然毫无预兆地嚎哭了起来。婴儿的哭声震得篮子簌簌发抖，天花板唰唰往下掉渣，一屋的人都回过头来看。女人慌忙扔下手机，把婴儿从篮子里捞出来，横在自己身上，解开纽扣，把一只乳房塞进孩子嘴里。女人做这事的时候，丝毫没有扭捏羞涩之态，仿佛她已经在光天化日之下奶大过八个孩子。孩子不饿，懒懒地吮了几口，就丢开了母亲的乳头，继续大哭不止。女人的稚嫩是在这一刻显示出来的。女人接连换了好几种姿势，把孩子像个布袋似的甩在肩上、横在臂弯、晾在手心，可是哪一种姿势也安抚不了孩子的怒气。

"你爸，你爸，到现在还没有影子。"女人对孩子说。

女人有口音，但不明显，依旧没能缩小曙蓝的猜测范围。

女人站起来，想抱着孩子到门外走走，但仰脸看了一眼荧光显示屏上的号码，又犹豫了。女人的号大概近了。

婴儿依旧像挨了杀猪刀似的嚎叫，女人开始出汗。汗水顺着女人的额头滑下去，一路滑到颧骨，鼻尖，再从下巴滴落下去，砸到孩子的脸上，孩子哭得更凶了。

"你看这个，好玩。"小书突然站起来，把手里的玩具举到婴儿眼前。

小书的玩具实在算不上是玩具，其实就是一根首尾相连的红绳子。小书用手指勾住那根红绳子，缠过来，绕过去，有时用四根指头，两根大拇指和两根食指，有时用六根，两根大拇指，两根食指，再加上两根小拇指。红绳子在指头的角逐中翻飞出一个又一个几何形体，正方形、长方形、梯形、三角形、菱形……小书的速度越来越快，指头如一条条小蛇，蛇嘴里吐出万花筒似的形状和花纹。婴儿看得怔怔的，突然止住了哭，把小手伸在空中，咿咿呜呜地抓着，仿佛在模仿小书的动作。

女人如释重负地坐回椅子上，舒了一口气。

"这么棒的游戏，谁教你的？"女人问小书。

"我外婆。在中国，很远。"小书答道。

女人晃了晃怀里的孩子，说："德洛丽丝的外婆，也很远，在智利。"

女人的话是对小书说的，眼睛却看着曙蓝。有大人在场的时候，大人对孩子说的任何话，都是说给大人听的，孩子只是一个幌子。

曙蓝这才看清了女人的眼睛。女人的眼眶很深,眼睛很大,分得很开,看人的时候没有丝毫的躲闪,眼神里挂着一丝孩童似的惊奇。

智利。所有悬在半空的拼图块都纷纷坠地,严丝合缝地落到了该落的地方。肤色,五官,眼神,口音……女人身上的每一样东西,都昭彰地盖着智利的图章。

曙蓝接住了女人的目光,也接住了女人的谈话邀请。

"多大了,这个孩子?"曙蓝问女人。

"七个月零十二天。"女人说。

"你的呢?"女人反问曙蓝。

"九周岁差三天。"小书抢在曙蓝前回了话。

"你挺能哄小孩,你应该有一个弟弟,或者妹妹。"女人对小书说。

小书的手停了下来,红线定格在一个圆上。圆是几段线相互牵扯制约的结果,并不真圆,更像是线条不那么决绝的多边形。

"我爸爸死了。"小书说。

女人脸上的笑容潮水似的退了下去,女人的嘴唇瘪了。女人猝不及防地遭到了狙击,一时不知如何回应。半响,女人才轻轻地说了一句什么,曙蓝没听清,猜着是个

"难过"或者"抱歉"的意思。

"不好意思，小孩子说话……"曙蓝尴尬地道着歉。

女人的回话是过了一会儿才来的，来势很猛。

"没关系，别怪孩子。每个人迟早都得死。我的父亲也死了，街头暴乱中被打死的。一块砖头飞过来，砸在后脑勺，人像布袋子一样矮了下去，哼都没哼一声。"

曙蓝扭头看了一眼小书，小书在低头修改她手里的那个红色圆圈。

"我妈说上帝是挑人的，谁死，谁活着。强壮的那个得活着，替人收尸，照看孩子。你就是那个强壮的人。"女人说。

曙蓝的眼眶热了一热。她轻轻抽了一下鼻子，咽下了堵在鼻腔里的那一团东西。

"你也是。"曙蓝觉得那声音不是她自己的。那声音像是一床梅雨季节里的被褥，蔫蔫的满是潮气。

"所以，我妈妈一定要把我送到一个男人不会死于暴乱的地方。"女人说。

"所以你就到了这里？"曙蓝说。

"我叔叔住在多伦多，我办的是探亲签证。德洛丽丝的爸爸，在我叔叔那里遇到了我，我们就结婚，办了枫叶卡。"

"妈妈，什么是暴乱？"小书突然问。

曙蓝一愣，一时不知如何回应。

"暴乱就是大人发疯，不能够控制自己的情绪。"女人替曙蓝回答道。

"像学校里那些愚蠢的男生？"小书鄙夷地扯了一下嘴角。

"对，就像那些男生。有的大人一辈子都是孩子。"女人哈哈一笑，一切化险为夷。

这时女人的手机震动了起来，女人看了一眼来电显示，立即接了起来，压低了嗓音说话。

"开完会了？十五分钟？前面还有八个号……闹过，现在又睡着了……没有，还没有，我说过一定会给你发视频的，你什么也不会错过。"

女人放下手机，把沉睡的婴儿放回到篮子里，盖上了毯子。

"她爸犯傻，总怕错过孩子开口说的第一个字。他说头一个孩子没养好，这一个一定不能错过。"女人跟曙蓝解释。

"这是你第二个孩子？"曙蓝惊讶地问。

女人呵呵地笑了。

"怎么可能？除非我十二岁结婚。他先前结过婚，有

99

一个孩子。妻子死了，病死的，这里。"女人用一根指头敲了敲额头。

"抑郁症，那是医生的说法。医学解决不了的事，就统统给你戴一顶抑郁症的大帽子。其实我觉得她就是脑子坏了。怀疑同事，怀疑秘书，怀疑健身房的教练，怀疑物业管理处的小姑娘，就连送信的邮差，她都觉得和她老公有一腿。"女人说。

"还在办公室里装了窃听器，结果被人发现了，秘书真是有事，但不是和她丈夫，而是跟公司的财务总监，两人合着伙偷钱。"

女人嘻嘻哈哈的，仿佛说的是别人家的事。

曙蓝的心咯噔了一下，女人捅着了她的心事。她是不是差一点也成了女人嘴里那个疑神疑鬼的女人？幸亏她离开得早，走在了还没想到布眼线、雇包打听、装窃听器的时候。假如她不走，她会不会死在元林前头？死于多疑，死于抑郁，死于心力交瘁，死于孤独无助？

"你丈夫是怎么死的？也是生病吗？"女人问。

这话若出自别人之口，听上去就是多事。可是这话从这个女人嘴里说出来，并不觉得生硬和唐突，因为女人已经拿自己的私密铺了路，女人不过是在要求一份平等而已。

曙蓝看了一眼小书，她吃不准小书此刻会说出什么样的话来。九岁仿佛是一条分界线，小书正朝着这条线飞速靠近。在九岁之前，自己尚大致摸得清小书从脑子到嘴巴的那条路，而九岁之后，她手里所有的缰绳都再也扯不住小书，小书将天马行空。

还好，小书此刻正全神贯注地盯着她手里那根迷宫似的红绳子，试图从一个钩心斗角的多边形里解套。小书没顾得上大人。

"也是病死的。"曙蓝轻声说。

曙蓝没有为她的谎言愧疚。她并没要求这个碰巧坐在她旁边的女人对她推心置腹，她甚至懒得开口跟她说第一声Hello。女人对她说了这么多话，也许仅仅是因为寂寞。跟陌生人掏心掏肺和在大庭广众之下交接绝密情报一样，是最安全的冒险。她用耳朵回馈女人的信任就够了，不一定要用嘴和心。

女人捏了一下她的手。女人很有力气，手指捏在她的掌心像铁爪，有点疼。

"你这么年轻，一定很难。"女人晃了晃她的手。

曙蓝的眼眶又是一热。她扭过头去，不想让女人看见她的眼睛。

"我遇到德洛丽丝她爸的时候，他妻子已经死了两年多了，可是他依旧难受。那天他跟叔叔说，他们结婚十周年的时候,他要给她买一个新的戒指,结婚时的那个戒指太寒酸。他几乎是押着她去的首饰店,她只肯选一个0.98克拉的单钻戒指,因为超过一克拉就是个坎儿,价格一下子暴涨。她看着他掏钱包付钱,浑身发抖,脸色白得像个贫血的人,那样子让店员还以为他已经花完了他们家盘子上的最后一片面包钱。其实那时候,他们已经拥有九家分公司了。那天我听他说到那只戒指,说得眼泪汪汪的,当着我的面,我就想,一个人能这么记得死去的老婆,心眼大概不会坏到哪里去。"

曙蓝看了一眼女人的左手,女人有戒指,但没戴在无名指上。女人的戒指戴在中指,是红宝石,那大概是女人的月份石。曙蓝从未戴过戒指,看不出那块石头的重量和成色,只觉得块头很大,红得烧眼睛。

"后来我才知道,其实最后几年他们闹得很凶。他是一家大公司的老板,很阔,家里有自己的小飞机。他老婆那么闹,他也没离婚,因为真要打起官司来,他就得把公司的股份分给她一半,没了那一半,他在董事会里就没有决定权。"

"难道就没有别的办法了吗,比如拿其他资产来抵?"曙蓝问。

话一出口,曙蓝立刻感觉羞愧,她其实跟天底下所有人一样，也有着无法遏制的窥探欲。

"海伦不肯，当初是她把父亲留给她的家产转赠给了他，他们才有了第一桶金。"女人说。

曙蓝的心突然停跳了一拍。

"你说的那个女人，叫海伦？"曙蓝颤颤地问。

"是啊，她娘家曾经拥有一个很有名的男装品牌。"

"是辛普森定制吗？"曙蓝屏住了呼吸。

女人惊叫了起来："你怎么知道的？提姆说现在还记得那家店铺的人，已经不多了。"

"总还是会有记得的人。"曙蓝喃喃自语。

女人没有再续这个话茬儿，女人的兴趣在别的事上。

"后来我叔叔就跟我说：'提姆需要一个家，你需要一张枫叶卡。为什么不试一试呢？兴许，什么问题都解决了。'我就答应和提姆约会。我什么也没指望。你能指望一个阔老头会真心待你吗？其实，他也没指望。一个急需绿卡的人会真心待他吗？期望值都是零，所以后来发生的每一件事，都可以算是奇迹。"

女人的话像是无数只蜜蜂在振动翅翼，遥远的，模糊的，她听见了一整片声音，但却截不住其中的任何一个单词。

"你是说，海伦已经死了？"她揪住了女人的衣袖。

女人被曙蓝的力气吃了一惊。

"海伦死了快四年了。"女人说。

女人还在说话,但曙蓝却已经不在听。曙蓝恍恍惚惚地站起身来,朝外走去,却不知要往哪里。她停下来,靠墙站了一小会儿,才发现她已走进了女厕所。厕所里有两个女人,像是母女,正在搭手给一个孩子换尿布。孩子躺在洗手池的台子上,咿咿呜呜地舞动着四肢,大人在大声地讨论着即将到来的选举。自由党。保守党。新民主党。绿党。预测值。财政赤字。丑闻。曙蓝想等到她们离开,可是她们没有离开的意思。孩子刚释放完了一肚子的恶气,尿片上的秽味钻入了空气的每一个毛孔,可是她们完全没有在意,她们的谈话似乎会持续到婴儿不再需要尿布。

曙蓝躲进隔间,拿出手机,拨了一个电话。她不需要找号码,她只需要按一下重拨键。这个号码她已经使用了无数次,最近的一次是今天上午。

"The number you dial is not in service。"[①] 回答她的是一句毫无情绪起伏的录音。

她拨了一次又一次,每一次都是同样的回音。

她从挎包里翻出一个信封,里头是一份合作意向书。

---

① 你拨打的号码并不存在。

这是昨天在律师楼签的，她还没来得及放回到办公室。她飞快地翻过了前面的几页，直接跳到签字页。在签字栏里，她一眼就找到了自己的签名，而海伦·辛普森的签名线上却只有一滴墨水。墨水看上去有些时日了，颜色黯淡，已经无法辨认最初到底是青还是蓝，边缘在纸上衍化开来，像一朵在秋雨中浸泡过的落花。曙蓝听到了一阵窸窸窣窣的声响，是那张纸在她的手中渐渐变脆变黄。

曙蓝咚的一声跌坐在马桶上，伸出两个指头测量着自己的脉搏。先是左手，再是右手。噗。噗。噗。她觉出了细微的跳动。可是，那真是脉搏吗？视觉和听觉都背叛了她，凭什么她还信得过触觉？

或许，停电的那个夜晚，她看不见元林，是因为她已经死了，元林还活着。

或许，元林和她都已经死了，只有小书还活着。

或许，元林和她都活着，死的是……

曙蓝不敢再想下去。她站起来，走出去，用凉水洗了一把脸。不知道那对母女是什么时候离开的，厕所里非常安静，有一只马桶的水箱在漏水。滴答。滴答。滴答。她一抬头，发现镜子的玻璃面上有两个幽黑的破洞，正往外汩汩地冒着凉气。她拿手纸去堵，才猛然意识到那是她的眼睛。

她跌跌撞撞地走回等候厅，小书依旧在玩她的红绳子，而她的座位已经被一个男人占了。男人背对着她，她看不清男人的脸，只看见他灰白的头发用发蜡整整齐齐地向后梳去，遮盖住了稀疏的头顶。男人穿的是一件银灰色的西服，在这样闷热的天气里依旧干净，没有汗迹和发屑。男人的西服不跟潮流，但也并不落伍，让人想起的不是会议室、谈判桌、签字大厅，而是唐顿庄园、国会、山庄，或者白金汉宫。

智利来的女人捅了捅男人，男人站起来，把位置还给曙蓝。

"这是我先生，提姆。"女人说。

提姆欠了欠身，把手递给曙蓝，说："你女儿是一位了不得的女士，据说刚刚平息了一场暴动。"

男人的手很温软，像一包棉花，几乎探不着骨头和经络。

"我可以有这个荣幸，知道你的名字吗？"男人问。

曙蓝没有立刻回话。曙蓝犹豫了片刻，才从手提包里拿出一张名片，递给男人。男人从口袋里掏出老花镜，戴上，看清了上面的字：

Shulan Wang，President

Sunshine Floral World（SFW）Landscaping Co.
王曙蓝，总裁
阳光花卉世界（SFW）园艺公司

"这是我的公司。"曙蓝说。

男人看过名片，放进了西服左边的口袋里。男人一天里不知会收到多少张这样的名片，男人早已经历过千锤百炼，动作娴熟自如温文。但是男人没有给曙蓝自己的名片，男人用不着，男人自己就是名片。

"以后我们有园艺的需要，我会让我的秘书联系你。"男人说。

曙蓝坐下了，男人站着。男人弯腰从篮子里抱起孩子，在走廊上走来走去。孩子睡得很沉，呼吸经过鼻孔时轻轻地吹着哨子。孩子不需要男人抱，可是男人需要抱孩子。男人没有走出多远，广播里就叫了他们的号。

"芙莉西达·史密逊请到九号窗口。"

曙蓝这才知道了智利女人的名字。

两人抱着孩子朝窗口走去。很完美的背影，像是人寿保险或是度假胜地广告里的祖孙三代人。

曙蓝转过身来，紧紧地搂住了小书。

"妈妈，你怎么啦?"小书挣扎着说。

曙蓝一把抓住小书的胳膊,开始摸索测量小书的脉搏。

"妈妈,你在发抖。"小书有些害怕起来,往后缩了缩身子。

"谢天谢地。"曙蓝松开了小书的手,也松了一口气。

等待的时间很长,面谈的时间只有几分钟。男人陪着他的智利妻子很快就交完了文件,回答了几个简单的问题,拍完了证件照。离开等候厅的时候,他们朝曙蓝点了点头,算是道别的意思。

"祝你好运。"男人说。

曙蓝其实没有听清男人的话,她是从男人的嘴型里猜出了这个意思的。

曙蓝迟疑了片刻,突然跑出去,在走廊的拐弯处追上了那两个人。

"史密逊先生,你知道我公司的名称缩写是什么意思吗?"曙蓝问。

男人停下来,从西服口袋里掏出那张刚放进去没多久的名片,顺便带出了一条手绢。男人用手绢擦了擦老花镜,再看了一遍名片。

"SFW,阳光花卉世界,对吗?"看得出来男人在尽量保持着耐心。

"你可以这么理解。当然，还有另外一种解释，是Saving First Wives①。这个名字，是一位叫海伦·辛普森的女人起的，是她建议我成立了这家公司。"

男人的眉毛微微挑了一挑。

"哦，什么时候？"男人问。

"两个月前。"曙蓝说。

曙蓝看见男人的额角上有一根很细的筋在微微地跳动着，可是男人没有急于说话，男人从头到尾都很平静。

"你想从我这里得到什么东西，请直言。你和我都知道，海伦不可能给你这个建议。"男人终于开口。

"对不起。"那个叫芙莉西达的智利女人含含混混地说，听不出到底是为丈夫的粗鲁向曙蓝道歉，还是为曙蓝的荒唐向丈夫道歉。

曙蓝沉吟片刻，她在想下一句话。

男人没有耐心等候，男人一只手提着篮子，另一只手挽着妻子的腰肢，转身离去。

"洁西，你的女儿洁西，芭蕾舞鞋磨破了就不再跳舞。"曙蓝喊道。

男人停下了步子。

---

① 拯救发妻。

"你有一张L. S. 哈里斯①签名的风景画,一辆X5黑色宝马,四轮驱动,驾驶座上有一个小洞,是雪茄烟灰掉下来烧的,在右下侧。"

曙蓝直直地盯着男人的脸,男人额角上的那根筋在渐渐变粗。

"这几样东西早被海伦卖了,远在你来到这个国家之前。当然,这些交易都有案可稽,假如你真肯下功夫,你一定能找得到记录。"男人说。

男人说这话的时候,一根手指轻轻地弹动了一下,曙蓝觉得自己是一个被当场戳瘪了的气泡。

"你有一只猫叫流氓,是你送给她的生日礼物,右腿内侧的那块疤,烫伤的,是不是也有记录可查?"曙蓝问。

智利女人疑惑地看了男人一眼,男人却没有看她,男人的眼睛定定地看着前方的墙。墙上有一块圆形的斑痕,也许是油迹,也许是手掌印,也许是别的什么东西。

"SFW,Saving First Wives,好名字。一样是救世界,为什么不可以救救发妻呢?"男人微微一笑,对曙蓝说。

---

① 加拿大七人画派画家。

何处藏诗

一

　　等候的时间很长，长得超出了何跃进最远的想象。时间一分一秒细砂轮似的打磨着他的神经，把他的耐心磨得像一张纸，是那种用钢笔轻轻一勾就勾出纤毛来的薄纸。

　　预约的时间是九点一刻，现在已经是十一点三十五分了。玻璃窗之后的那位黑人移民官已经掩着嘴打了好几个肥胖的哈欠，热气在玻璃上凝成一个洇着毛边的圆圈。午餐在隔着冰箱的金属门发出形色暧昧的呼唤，移民官的眼睛里有了一丝接近于湿润的慈祥。大厅里等候的队伍渐渐细瘦起来，何跃进的耳垂上拂过一片蚊蝇的羽翼，那是坐在他右边座位上的那个女人发出的细碎鼾声。在眼角的余光里，他看见她露在严实的黑面罩之外的眼睛发出炯炯的亮光，她在睁着眼睛睡觉。她也许来自阿富汗，也许来自伊朗，也许来自阿联酋。此刻世界地理在他的脑子里滚成一锅烂粥，但是他至少知道：在世界的某些角落里，人们早已学会了在炸弹的间隙里以最敏捷的速度抢出稀烂的睡眠。

这间屋子里至少没有炸弹的危险。

梅龄挨着他，坐在左边的位置上，一动不动。他有时觉得她的脸是用砖头一类的材料制成的，寻常看不出一丝裂缝，既没有悲也没有喜，更没有激动和焦虑，有的只是认命以后的平和。平和可以像水，平和也可以像铁。她的平和是像铁的那种。此刻他真想用锥子捅她一下，看看锥眼里流出来的，到底是不是血。

尿意已经积攒了很久，早晨出门时的那一大杯咖啡在他的小腹里蛇一样地蠕爬着，想找到一条出路。可是他不敢离开。他不敢把这件事全交给她。他已经等了那么久，一年零六个月零五天，不算她来之前的那几个月。他已经走完了九十九步，他不能让那一泡尿引领他错过第一百步。

这绝不是臆想。他对如厕的恐惧事出有因。几十年前，他父亲就是因为忍不住一泡尿，把他和他母亲带上了一条截然不同的生活之路。他父亲是右派，可是他父亲和别的右派不同，既没有言论也没有行为。他父亲在单位里只是一个老实到极点的工程师，无论是批评还是表扬的名单上都很难找到他的名字。父亲的单位，和全国许多单位一样，必须完成上级指定的右派指标。在一次僵持了很久的指标讨论会上，父亲去了一趟厕所，当他从厕所回来的时候，指标已经完成，他被评定为单位里唯一的一名右派。

这个故事当然不是父亲告诉他的。父亲没有来得及。在他还是母亲肚腹里一团形状模糊的血肉时，他父亲就已经死了。他母亲是在他十五岁那年告诉他实情的。从那以后，他就再也不敢在任何略具意义的场合里随便离身上厕所。

  在有些日子里
  河不流向海
  海也不流向洋
  冬天后面还是冬天
  绵绵阴雨不被太阳截获
  骆驼背上不止一根稻草
  人也不能随意处置
  一些无法启齿的窘迫
  比如尿急……

他从口袋里掏出一张揉成一团的餐巾纸，那是早上从提姆霍顿咖啡店里带出来的,随意写了这几句话。他不再年轻,可是诗的灵感依旧还会光临,而且来得总不是时候,比如说当他蹲在马桶上为一坨铁砂一样的屎而憋得满脸通红的时候,当他在午夜梦和醒中间那条模糊不清的窄路上走得一身是汗的时候,当他被最后一片秋叶的落地声猝然惊醒的时候……他依旧会把它们记下来,在餐巾纸上,在旧报纸的夹缝里,在任何他能抓得到的废纸片上,然后他会把它们揉成一团,随意丢弃。他早已不把它们叫作诗,因为它们来的时候,他的心底没有期待的颤悚,它们去的时候,他的脑子里也存不下一丝牵挂和念想。

一些廉价的情绪消费品。他这样称呼它们。属于诗的年月是久远以前的事,和现在隔着千丈百丈宽的壕沟。

"黑鱼精!"

渐渐空旷起来的大厅里响起一个浑浊的声音。是移民官在叫下一个名字。

"黑先生!"

梅龄捅了他一下,他猛然醒悟,他叫的是他的名字。何跃进这个名字写成罗马拼音很难发音,经常被篡改成数十种无法识辨的洋版本。

他斜了梅龄一眼,她抓着他的手站起来,向窗口走去,脸上是波澜不惊的微笑。

可是他觉出了她手心的汗。

二

"你是?"

黑人移民官拿着他的加拿大护照,上上下下地打量着他,目光职业、老到、干涩、尖利。玻璃窗后的这双眼睛见识过世界上人脑所能炮制出来的任何一种狡诈。他觉得他的脸上突然有了无数个洞眼。

"我是何跃进。"他说。

此刻尿意已经不再是蛇,而是一条细细的绳子。绳子的一头,系在他绷得发亮透明的膀胱上。而绳结,就衔在他屏得紧紧的呼吸里。他只要略一松气,绳子就要飞快地逃离他的躯体,洪水泛滥成灾。

"出生日期?"

"一九……五八年……一月……三……三十日。"

他没想到他竟会被这样一个简单而直截了当的问题击中。他为今天的面谈做了无数次的设想,他知道他也许会绊倒在某一个刁钻古怪陷阱密布的关卡上。可是他绝对没有料到,他竟然倒在开战之前的信号弹里。他已经丢失了一分,那至关紧要的第一印象分。

这时他感觉他的手心有一阵细细的酥痒,仿佛有一条软壳虫子蠕蠕爬过。过了一会儿他才意识到,那是梅龄的手指在他的掌心划了一个圆圈。

"对不起,移民官先生,我丈夫一紧张就会口吃。"她说。

她的英文比任何时候都流利,她甚至使用了"口吃"这样一个生僻的单词。

"哦?那你能告诉我他为什么这样紧张吗?"移民官问道。

他的心缩成一个软绵的球,浮到了他的喉咙口。他吞不下去,也吐不出来,哽噎得难受。他想咳嗽,可是他不能。他略一松气,系在他膀胱口的那根绳子就要开结。前是狼,后是虎,他被夹攻得满脸通红。

他又丢失了一分。

"因为他太想我得到这张移民纸了。"梅龄说。

他的心咚的一声坠落到地上,把地砸了一个坑。他感觉满眼都是飞尘,移民官的脸渐渐丢失了五官。

完了。尚未开战,全盘皆输。

"因为我已经怀孕,我们想在这个美丽的国家生下我们的第一个孩子。"她说。

砖头裂开了一条缝,他看见了她的笑容。他从没见她这样笑过，从心尖尖上渗出来的，被幸福浸泡得失去了形状的，能叫铁树开花、冰山融化的那种笑。

天哪，这个女人！他从来不知道她有这份胆子。可是很明显，她已经为他扳回了丢失的一分，因为他看见黑老头的脸上也裂开了细细的一条缝。

"那么，你就是……梅龄？"他拿起了她那本印着五颗星的红皮护照，上上下下地打量她。她的名字很好发音，中文英文听起来都差不多。

她的笑容已经退潮，脸颊上依旧残留着暖流舔过之后的湿润。

"我是。"她镇静地说。

"出生日期？"

"一九七六年七月二十八日。"

她的生日，她只说过一遍，他就记住了，而且从来不需要提醒。她出生在天塌地陷的一天里。当她钻出母腹哇哇啼哭的时候，一个叫唐山的城市正陷入万劫不复的黑暗里。当然，这个日子对黑脸移民官来说，不具备任何意义。

"你和你那个一紧张就犯口吃的丈夫是怎么相识的？"黑老头问。

他知道这个问题是一切问题的门，这道门不是通往天堂就是通往地狱。有很多人做好了穿越最幽深迷宫的准备，却在这道门槛上绊倒了，连迷宫的影子也没见到，就被淘汰出局，所以一接到移民局的面谈通知，他们就对这个问题作了多次的深入探讨，最后从无数个可行的故事中筛选出了一个最可行的版本。这一个月里，他们的脑子像最细码的锉刀，不停地在打磨着任何一根可能引起怀疑的毛刺，直到这个故事光滑到无懈可击。

可是今天他明显不在状态。今天他好像是一个练了半年台词上台时却忘得一干二净的小学生，脑子一片空白。白也不全是白，倒像是黑白电影的结尾部分，有几个芝麻点在飞来飞去，看是看见了，却一个也抓不住。

他轻轻地捏了一下她的手。这是他给她的信号：我挂彩了，现在轮到你上场了。

梅龄把手从他的手里抽出来，慢慢地打开手提包，从里边掏出一叠纸来。是各式各样的餐巾纸，手纸，报纸，还有其他废纸，都是从字纸篓或者垃圾桶里打捞出来的，虽然抚平了，依旧带着明显的褶皱，厚厚地起着毛边。每张纸都写了字，有些字的边缘上沾着也许是咖啡也许是菜汁也许是其他形迹可疑的液体留下的印迹。

她把这些纸一张一张地铺展在柜台上，小心得几乎像是在对付她的定期存单。当她终于把它们都铺展开来的时候，她轻轻地叹了一口气。

"是诗。"他听见她说。

他的脑子轰的一声炸了开来,满屋都是碎片。来不及了。他即使能捡回所有的碎片,也搭补不回今天的残局了。

这不是他们原先打造的那个故事。在最后一分钟里,这个叫梅龄的女人,抛弃了他们经过千锤百炼得来的方案,擅自铤而走险,踩上了这样一条单行小道。

不,不是最后一分钟,她似乎早就有了准备。当他们还在聚精会神地锻造着打开城门的最佳钥匙时,她已经在悄悄地谋划着她自己的逃路,只是他们中间不存在一个人的逃路。他们是拴在一条绳上的两只蚂蚱,她逃脱了他就逃脱,她陷落了他也陷落。她的陷落只不过是遣送回国,而他的陷落却是万劫不复的黑暗。

他们原先那个版本的故事,和诗没有任何关联。诗是他一个人的私产,是污杂的世界里唯一一个还算干净安静些的地方。那也是以前的事了。就在她开口对移民官说出"诗"这个字的时候,这块地方已经脏了。他以为他把它藏好了,藏在了一个谁也不知晓的去处,没想到她还是发觉了。她把他那样比裤裆还隐秘的东西,掏在了光天化日之下。从此,他再也没有一个私密之处了。

"不,不是这样的!"他很想这样对那个满脸褶皱的移民官大喊一声,可是来不及了,黑老头的好奇心已经像一张引火纸一样，被梅龄成功地点燃起来了。

"哦？我这辈子在这个窗口坐了几十年，什么样的恋爱故事都听过了，可就是还没有听说过一个和诗有关的故事。"他说。

三

何跃进决定和这个叫梅龄的女人见面，是在他从雷湾搬到多伦多、连续失去了三份工作、存款户头上只剩下最后一个月的房租时。

他在雷湾住了六年，一直在一个华人养殖场里工作，每天和鸡鸭蛋打交道，几乎和外界失去了所有联系。后来那个养殖场一直亏空维持不下去了，他就搬到了多伦多。他在多伦多的第一份工作，是在唐人街的一家中餐馆里端盘子。他会说几句英文，却从没有认真学过英文，对所有的英文单词一概一知半解。有一天，一位洋客人问他春卷里包的是什么，他想说"cabbage"（卷心菜），然而脱口而出的却是"garbage"（垃圾），于是他失去了一夜小费和一份工作。

第二份工作几乎不需要说英文，是在一个木材加工厂做电锯操作工。他看错了图纸，把一批四分之三寸厚的木板全部锯成了半寸。他不等老板发话，便自己卷了行囊走人。

第三份工作是电子装配线上的发料工。这份工作不需要英文，也不需要看图纸，只需要把几样零件按顺序放进一个小盒子，然后把小盒子放到运送带上传至下一个工序即可。他干了四个月，感觉如鱼得水。可就在第五个月开头的时候，他和老板吵了一架。是为别人打抱不平。老板失去了风度，而他则失去了工作。

那位使他失去了工作的同事过意不去，就请他到一家餐馆吃了一顿饭。席间那位同事犹犹豫豫地问他是否对一笔生意感兴趣，他说他一辈子也学不会做生意。那人呵呵地笑，说这笔生意其实不需要做，只需要等。他对他伸出七个手指头，说只要他肯等个两三年，就可以得到这个数。他以为是七千，他说是七万：见面的时候给一万，算是定金；领证的时候给一万；拿到探亲签证到了加拿大时再给一万；最后的四万等拿到移民纸的时候一块儿补齐。

七万加元是一个令他眩晕的数字，但他没有马上答应。他问："如果移民纸被拒，会有什么风险？"

同事说："那你就白拿了前面的三万。"

他又问："如果东窗事发，会有什么后果？"

"监狱。"同事说。

他开始犹豫。同事叹了一口气,拍了拍他的肩膀,说:"无产者还能丢失什么,除了镣铐锁链?"

他想想也是,就答应了下来。

第二个星期,他就订了回国的机票。那是他第一次回国。出国将近七年了,他从来没有产生过回国的冲动,因为国内已经没有任何值得他牵挂的人了。母亲在他出国之前就已去世。他有个继父,继父进入他家时,他已离家上大学,所以他和他都幸运地避免了两个成年男人在同一屋檐下磨合的尴尬。母亲去世后,继父再次组建了家庭。无论是他还是继父,似乎都没有保持联系的欲望。

他回国后,并没有立即赶去梅龄所在的城市,而是先去了徐州。去徐州,是为了去潘桥。去潘桥,是为了看端端。那一次他已经下了决心,一定要把端端带出来。

四

你可以不信
但日头可以作证
你是我的手,我的脚
月光也可以作证
你是我的舌头,我的眼睛

我独自一人远行

品味人生五味杂陈

我从来不需刻意想起你

因为你,就是我自身

　　——致 D. D.

在他前半生的记忆中,端端是一个无所不在的背景。

端端比他小六个月。端端的父母,和他的母亲在同一个单位工作。端端出生时,端端的母亲没有奶,端端曾经吃过他母亲的奶。端端和他上的是同一家幼儿园,同一所小学,同一所中学。后来,他和她又去了同一个公社插队落户。端端的路和他的路重合了很久,直到端端累了,走不动了,才撇下他,独自走了另外的一条路。

端端家的宿舍,就在他家宿舍对过;端端家的炉子,就摆在他家炉子的对面。楼道很窄,做饭的时候,两家主妇系着围裙的腰身会时时相擦,发出窸窸窣窣的声响,只是端端家里很少开伙,他们不是吃食堂就是下馆子。

端端的父母都是留苏回来的建筑工程师,所以端端一家人的做派和别人就有些不同。端端的爸爸,头发永远梳得齐齐整整,带着清晰的梳齿痕迹;端端的妈妈,永远穿着裙子,夏天是浅色小碎花的布拉吉,冬天是深色呢子宽摆长裙；端端的辫子上永远系着蝴蝶结，颜色随着季节而更换，有时鲜红，有时浅绿，有时天蓝。只是，端端家的风光日子，没过上几年就完结了。"文革"刚开始，端端的父母就给抓了进去。于是，端端就在他家里搭伙。端端辫子上的蝴蝶结不见了，端端和别的孩子一样，穿起了灰色的、蓝色的、军绿色的卡其布衣裳。

可是这样的日子也过不长。她父母被放了出来，和他的母亲一起，被送去了远郊的干校，一个月回来一次，待一天就走。于是，他和端端都被安排在楼道那头的王师傅家里搭伙。

王师傅是单位的锅炉工。王师傅家里有一个瘫痪的老婆和三个儿子。他和端端的伙食费，很快就化成了王师傅三个儿子碗里的肉包子。而他和端端，跟王师傅的瘫痪老婆一样，吃的是稀粥加咸菜。有一天，他看见王师傅偷偷塞给端端一个夹了肉的馅饼。端端把饼掰开了，当着王师傅的面，递给他一半，而且是大的那一半。王师傅没说话，瘫婆子却擂着床板，骂了一句天杀的。他不知道她骂的是谁。

那个暑假真热啊，全北京的人都敞着门睡觉，整个楼道里彻夜响着噼噼啪啪的蒲扇扑打声。有一晚他被蚊子咬得奇痒难熬，就去端端那里借火柴点蚊香。端端关着门，他敲了半天才敲开。一进门，他就觉着了冷。过了一会儿，他才明白过来，那寒气是从端端的眼睛里冒出来的。端端坐在床上，一声不响，两眼像两口深井，黑不见底，幽幽的全是寒意。他只看了她一眼，身上的汗嗖的一声全干了，起了一层鸡皮疙瘩。

他问她怎么了，她没回答，只是起身去锁门。那天端端走路的样子有些古怪，两腿朝外，脚跟一踮一踮的，仿佛地上有玻璃渣子。半明不暗的灯影里，他看见端端薄薄的裤子上有一条深黑色的虫子。那是凝固了的血。那条虫子后来在他的心里爬了很久，足足有几十年。爬到哪里，哪里就烧出一条疤痕。

那天之后，他发现端端得了一种病，端端每隔半小时就要上厕所。等到大人们回来探亲的时候，他告诉母亲端端得了病。他母亲又告诉了端端的母亲，端端的母亲就带端端去医院看病。从医院回来后，两家的母亲关起门来说了很久的话，出来时眼睛都哭得通红。

第二天，一辆警车呼啸着开到了楼外，几个穿蓝制服的警察铐走了楼道那头的王师傅。他问母亲王师傅到底犯了什么事，母亲只骂了一句"衣冠禽兽"就不再说话。吃晚饭的时候，母亲看着他，欲言又止。一直到临睡了，母亲才叹着气对他说："进进，你要对端端好一点。"他觉得母亲的话好奇怪：端端是他的妹子，还用得着叮嘱吗？

暑假过去，学校重新开学。端端突然被集体孤立，没人愿意和她坐在一起。老师说了两遍"班干部带头"，可是没有一个人响应。端端扭头看着窗外，面无表情，嘴唇在微微颤抖。只有他知道，这就是端端的哭。

他站起来，离开自己的座位，在她身边坐下。班主任朝他感激地看了一眼。端端没有。端端依旧定定地看着窗外那棵洒了一地黑影的槐树，仿佛要把树看出一个洞来。端端的习惯就是那个时候养成的：端端和人说话，从来不看人。

那节课是语文课，老师讲的是一个叫梅博尔的非洲女孩如何想到北京来见毛主席的故事，可是他一句也没有听进去。他满脑子都是端端扭头看着窗外、嘴唇微微颤抖的样子。后来他趴在桌子上，写了两句话，放到端端的铅笔盒里。端端终于扭过头来，依旧面无表情。他始终不知道她看了还是没看。

那两句话是：树影最暗的时候，太阳最亮。

现在回想起来，这就是他一生中的第一首诗。

那天放学回家，端端一路沉默。快到家门口的时候，端端突然扯了扯他的衣袖，扭着脸，叫了他一声："何跃进。"他知道每当她连名带姓叫他的时候，就是她有紧要的话要跟他说。可是那天她到了家也没把那句紧要的话说出来。

一直到几年以后,他们一起去了潘桥插队落户,在那里,她才用行动说出了那句永远没有说出来的话。

黑虫子爬到端端裤子上的那一年,他和端端都是十一岁。

五

记忆是一支蛮不讲理的毛笔

将时光倒流,山河改道

黑夜涂成白天

记忆是一本文理不通的字典

把眼泪和疼痛诠释成阅历

贴在额上,招摇过市

博得蛾眉一笑

水面很脏,到处漂浮着塑料袋、烟蒂、烂树叶和空可乐罐。荷花依旧盛开,只是那些粉那些白都已不是当年那种一眼看到底的粉和白了。岸上每一块可以看见水和花的空地,都已经被出租车和小食摊填满。岸上的声色很杂,湖水却静默无声。

湖还叫微山湖，可是这个湖已经不是那个湖了。他和端端记忆中的那个湖，岸边有许多被水浪冲得花白的石头。水里有船，船很破，可是每只船上都有鹭鸶。他们认得脚底下的每块石头，给每一只渔船都起过名字。他们用石头惊起水鸟，看着水鸟的羽翼刮破天空。

天也不再是记忆中的那片天了。天不再平整，天的脸颊上到处是水泥楼啃出来的参差牙印。天也说不清颜色了。从前的那片天只有两种颜色，或是碧蓝，或是深黑，非此即彼地决绝。

也许，是他变了？

当湖还是那个湖的时候，他和端端都还那样年轻。他的下颏刚刚长出柔软的胡须，他一天可以马不停蹄地走几十里路，晚上躺在床上，梦中也会听见身上的骨头突爆长节的噼啪声响。可是现在呢？现在他的随身行李中带着六个药瓶子：三种处方药，三种保健品。不用镜子，他也知道额上皱纹的数量。飞机上邻座的小孩上厕所请他起身让路时，已经称呼他爷爷。

他变了这么多，他还有什么理由要求一汪湖一片天永不变色地年轻下去？

他随身就带着照相机，可是那天他没有拍下一张照片。就这样吧,就让记忆和现实打一场永无胜负的战争吧。他不是法官,也不是上帝,他无须在这场战争中充当裁判。

他知道,他永远也不会再来这片湖岸了。

收起照相机,他去了山上。

自从他考上大学回到北京之后,他总共来过四趟潘桥,最后一趟是在七年前的出国前夕。

每一趟当然都是为了端端。

每一次来潘桥,刚下长途车他就开始迷路。和世上所有的村落一样,潘桥也在发生许多不安分的变化。农田渐渐被砖房和水泥楼蚕食,路在不停地扩建改道。每一天都有被拆毁的旧屋,每一天都有新房在奠基。生活像棋盘,每天的布局都不一样。和地上充满致富欲望的繁忙生活相比,山上的日子似乎千年不变,山上的人经得起寂寞,所以即使他在村里十次百次地迷路,他始终都能找到上山的那一条路。

可是这一次,他错了。

路还在,可是端端不在了。

在山脚下,他就发现,端端住的地方,现在已经是一座宾馆。当年上山的石子路,如今已经修成工整的台阶,那是让步行的人使用的。车子另外有路。车子的路,是公路。公路上车子乌龟一样地爬行,尾巴上扬起一线白尘。

他瘫坐在山脚满是淤泥的台阶上，两手捧心，可是心却空了。

六

从徐州回来，他就直接去了南方的一座小城，去见那个女人。

那个女人叫梅龄。他的同事告诉他。

听到这个名字时，他的心里突然咕咚了一下。

当然，他没有告诉他的同事他之所以答应做这桩生意，除了那七万加元的诱惑，还因为那个女人和端端一样，也姓梅。

见面安排在一家豪华餐厅的包厢里，男男女女挤满了一屋。一屋的人里头只有一个年轻一些的女人，他猜想她大概就是梅龄了。

她果真就是。

酒席上他被安排坐在她的旁边。她的另一边坐着一个满脸酒色肚腹隆起的男人，她管他叫郑总。后来他才知道那个男人叫郑阿龙。他只消看郑阿龙一眼，就知道他是替这个夜晚的奢华买单的人。

她管一屋的人叫伯伯婶子叔叔阿姨舅舅舅妈。他后来才知道这里头没有一个是她家的亲戚，所有的人都是郑阿龙的家人。

她被拉过来扯过去，摆成各样姿势跟他照各样的照片，站着的，坐着的，喝酒的，敬酒的，单独的，和家人一起的。

"自然一些，笑，笑啊！"不停地有人在作场外指导。

"每一张照片都印了日期，证据啊，将来给移民官看，这就是第一次见面的证据。听说你们那头的移民官，特别爱问认识的过程。"那个叫郑阿龙的男人，隔着她跟他大声地说话。他有点替她不堪，她却只是淡淡地微笑着，仿佛这件事与她全然无关。

"你让她消消停停地吃一口饭。"他突然有点不耐烦起来，别过头去跟郑阿龙说。

"现在就开始心疼她了？"郑阿龙打了一个哈哈，满桌的人都哄哄地笑了起来。

可是他没笑。

她也没有。

那天他心情很差，因为他丢失了端端。他不想开口，她也不想，所以一个晚上他们几乎没有说过几句话。

散席时郑阿龙对他说："晚上早点睡，明天去游园，精神好点，照片照出来也喜庆些。"

郑阿龙已经替他们订好了房间,他一间,她一间,两间相邻,各自有门。他进了他自己的房间,郑阿龙进了她的房间。

第二天的游园并没有园,而是一个近郊的树林子,很小,也很安静。郑阿龙在城里有很多熟人,所以他特意安排了这么一个僻静的去处,免得遇见熟人。其实游园本来就不是目的,拍摄录像才是目的。郑阿龙带来的摄影师一路跟踪,录下了他们的每一步路。

"你挽着他的胳膊,自然点。"

"换个姿势,拉手。头靠里一点。有点过了。对,就这样。"

"别那么硬挺挺的,腰软一点。"

"你,何先生,要笑一笑,别板着脸。背影也能看得出表情的。"

他觉得她像一根铁丝一样,被他们弯成各种各样的形状,贴附在他身体的边缘。他没敢扭头看她的表情,但感觉她一直在耐心地微笑。可是当她的手捏住他的手时,他发现她的一根手指在轻轻地颤抖,仿佛是雷雨前歇在荷叶上惊悚不安的蜻蜓。

那些似乎随意走进镜头里来的游客,其实都是郑阿龙家的女眷,她们貌似无心地行走在他和她的前后左右,像一张蜘蛛网，把他俩紧紧裹在中间。他俩的每一声叹息每一句轻语，都能毫不费力地落进她们的耳朵，尽管他们一路上没说过一句话。他的前胸后背烤出了一个个热泡，那是她们的眼睛。

他感觉他的心底有一股东西慢慢地升腾上来，升到喉咙口的时候，已经聚集成一股极细极硬的气流，他知道只要一出口，它就会是一句铁杵一样尖刻无比钻心刺肺的话。他低低地咳嗽了一声，终于把那股气流慢慢地压了回去。过了一会儿，他才尽可能客气地说："你们能不能退得远一点？那样拍起来，不是更真实一点吗？"

他以为她们要跳脚反驳，可是她们并没有。她们只是略微惊讶地看了他一眼，然后后退了几步。

毛刺，他的话语还留着毛刺。她们害怕毛刺。他想。

在他确定他已经不在她们的耳闻范围之内时，他问了她一句话。这句话是他和她见面这两天里说过的唯一一句有意义的话："为什么，你？"

他问得很轻，轻得几乎像一片气息。但是他知道她听见了，因为她攥在他手里的一根手指突然停止了颤动。

但是她没有回答。

那天回到宾馆，郑阿龙递给他一个信封。

"五千加元。明天上完了坟，再给那五千。"

"上坟?"他吃惊地问。

"是啊,国外回来的准女婿给丈母娘上坟,不是很正常吗?移民官就爱看这样人性化的场面。"郑阿龙说。

七

梅龄母亲的墓地,在离城里三四十公里处的郊区。路况很差,隔三五百米就有人在修路、盖房子,或是铺电缆。汽车在被施工队啃得坑坑洼洼的路上虫子一样地蠕爬,颠得他五脏错位。没有了照相机和摄像机,座位重新布局。他和梅龄被隔得很开,他在车头,她在车尾,中间棉花一样地絮着郑阿龙和他家的亲戚。

不用再演戏,他突然放松下来,一下子觉着了累,是那种筋骨散架的累。他的身体和他的脑子很快分家。他的身子斜靠在车窗上浑然入睡,鼾声四下弥漫开来,如同一锅在炉火上炖得咕嘟作响的肥肉汤。可是他的脑子没睡,知觉的门半开半掩,断断续续漏进了车里的各种杂响。啪嗒啪嗒,是郑阿龙吸烟的声响。毕毕剥剥,是女人们嗑瓜子的声响。还有叽叽喳喳的说话声,那是女人们在用方言交谈。谈话的节奏很乱,一会儿快,一会儿慢,一会儿是几个人在你争我抢,一会儿是一个人的漫长独白。虽然他一句也没听懂，却依稀听得出话题都是围绕着梅龄展开的，似乎是规劝，似乎是指教，又似乎是提醒。梅龄一声不吭，可是他知道她在微笑，他后脑勺上的那双眼睛依旧醒着。

突然间郑阿龙重重地拍了一下椅背，说："行了！"喧闹声如同潮水瞬间退下，车里一片沉默。

可是他知道她依旧在微笑。还要过些日子，当他和她终于生活在一起的时候，他才会知道，其实她的微笑和笑无关，和情绪也无关。她的微笑仅仅是一样用来驱逐害怕的道具，就像是暗夜里赶路时用的手电筒，或是过稻田菜地时捏着的赶蛇棍。

车在路上颠簸了很久，到达坟山的时候，日头已经偏西了。一行人扛着各样的祭拜用品和摄影器材，走了很长的台阶，才终于到了山顶的墓地。

墓碑还很新，字迹带着凿子斩钉截铁的犀利。墓里的女人叫梅绣芸，是在两个月以前去世的。六十二岁。他注意到了这是一个独穴，这个叫梅绣芸的女人没给任何男人留下余地。

梅龄在墓前蹲下来，用脸轻轻地贴了一下石碑。镜头开始试试探探地在她脸上聚焦，可是摄影师很快怔住了，因为他在镜头里发现了一丝微笑。

"梅小姐，你要，嗯，要看上去，那个，严肃一点。"

摄影师迟迟疑疑地对她说。

"别笑了，你咋能笑呢？"一个被梅龄称作三姨的女人说。

"我笑了吗？"梅龄反问道，语气里有隐隐一丝的委屈。

"你再，嗯，再酝酿一下感情。"摄影师继续在她脸上搜寻一丝接近于悲哀的表情，可是他沮丧地发觉她的那一丝微笑，如同沾在他镜头上的一滴水迹，无论如何也擦抹不去。他放下摄像机，为难地看了一眼郑阿龙。

郑阿龙看着表，在墓碑前的那块空地上大步地踱来踱去，鞋底扇起一团落叶和泥尘。

"那是你妈啊，梅龄。"郑阿龙耐着性子说。

梅龄的眉毛挑了一挑，有些惊讶，仿佛在问："真是我妈吗？"

摄像机重新对准了她的脸。她的下颏开始微微颤抖起来，看起来依旧像笑，一种不知所措的笑。

"郑总，天很快就黑了，再耽搁下去光线就不行了。"摄影师再次放下了摄像机。

夕阳在墓碑上掷下一抹形迹可疑的光斑，颜色令人惊悚不安。谁也不说话，空气渐渐浓稠起来，何跃进感觉太阳穴一蹦一蹦地疼，眼珠子似乎要逃离眼眶。

"其实，郑总，移民官也不一定看得那么仔细。"他嗫嚅地说，想在搅不开的空气里扎出一个洞眼。

"不一定？我花了这么大一笔钱，我要的是一定。"郑阿龙说。

郑阿龙这句话，不是从舌头上，而是从喉咙里说出来的，低低沉沉地带着一些回声。这是生意人的话，直截了当，却合乎情理。他无言以对。

他从一个背包里抽出一束香，用打火机点着了，递到梅龄手里。她似乎理解了他的暗示，攥着这束香，在墓前跪了下来。

摄像机重新启动，镜头里出现了一个高耸的肩膀，一个与悲哀缅怀之类的情绪大致吻合的姿势。脸消失了，随之消失的是那丝依附在脸上的挥抹不去的微笑。

所有人都松了一口气，包括他。

"何先生你呢？你得配合啊，这不是她一个人的独角戏。"郑阿龙走过来，拍了拍他的肩膀。

他愣住了。在答应接下这单生意的时候，他已经把很多可能性都设想过了，却唯独没有想到，他要为这个素昧平生的女人的母亲下跪。

"死脑筋，别想着这是她妈，你就想着这是你妈，或是你情人的妈，不就得了？"郑阿龙贴在他耳边，轻轻地提醒着。

情人？突然，他想起了端端。他的膝盖一软，身子就矮了下去，脑门撞在地上，口鼻里钻进隐隐一丝泥腥味。

土还太新，来不及碾成硬泥。他想。

脸颊上有条虫子在爬，刺痒。他用手一抹，是湿的。

"好镜头，快抢，快抢啊！"女人们在欣喜地喊叫着。

摄影师手忙脚乱。

当拍摄终于结束，他从墓碑前站起来的时候，他的眼神和梅龄的眼神不期而遇。她的微笑干涸了，脸上出现了一丝他不曾见过的表情。过了一会儿，他才明白过来，这正是摄影师寻找了很久却没有找到的悲哀。

"你小子可以演电视剧了。"

郑阿龙点了一根烟，递给他。他以前是烟鬼，后来戒了。很多年不抽了，烟在肚腹里找不着感觉，走得很不顺畅，他开始猛烈地咳嗽起来。呵。呵。呵呵。呵。树影开始摇动起来，墓碑上的字变得模糊不清。肺扯得太紧，有些疼。

下山的路上，座位还是来时的排法，他在前，她在后，中间隔着千山万水。

郑阿龙和摄影师在后排座位上唧唧咕咕地倒放着摄像机里的内容。

"妈的,该哭的不哭,不该哭的倒是傻哭。"郑阿龙轻声嘟囔着。

"郑总,这盘带子只能做成默片。"摄影师说。

"为什么?"

"那些话不合适吧?"

郑阿龙重重地拍了一下摄影师的肩膀说:"抹掉声道,对,抹掉声道。好脑子,小伙子,差点误了大事。"

一个月以后,他和那个叫梅龄的女人,在这个小城的民政局里,领取了结婚证。

八

回到多伦多之后,何跃进又打了几份短期蓝领工,都是那种来得容易去得也容易的工作。后来,在一位高人的指点下,他猛攻了一阵子英文对话,终于过五关斩六将,得到了一份私立中学的教职,教几十个半大不小的孩子中文写作,这完全得益于三十年前他在北京那所著名大学里所得的一纸中文系学位证书。从此,他远离蓝领行业,加入了大都市熙熙攘攘的白领阶层。

从下飞机那一刻起,他就按部就班地开始了和梅龄的联系。

"电话，电邮信件，视频，QQ聊天记录，汇款单，哪一样也不能马虎，必须留下无懈可击的证据。"临上飞机前，郑阿龙交代他。

他坚决反对视频和QQ。他的理由是他无法面对无话可说的尴尬场面。郑阿龙坚持了几个回合，只好同意放弃。

电话是所有环节中最容易的一件事，他只需隔三岔五地往一个郑阿龙指定的号码上挂一个电话就行。电话当然是郑阿龙接的，接通后两人商定通话时间的长短，然后各自去干各自手头的事。等约定时间到了，两人同时把电话掐断，为的只是留下电话账单上的那个通话记录。

汇款稍微麻烦一点，他需要去一趟银行。临行前郑阿龙给了他另外一笔款子，是专门给梅龄汇款用的。郑阿龙把每次汇款的数目和时间间隔都制定好了，清清楚楚地写在一张纸上。是月底发工资的那个周末，三百到五百不等。那是合情合理的数目，显示了足够的牵挂和责任感，却又没有超出他工资收入的范围。当他伏在银行柜台上填汇款单的时候，他忍不住感叹郑阿龙身上显示出来的奇才。郑阿龙不幸错生了一个时代。假设郑阿龙出生在某个风起云涌的乱世，他绝对有可能成为一个运筹帷幄名垂青史的军师，不露痕迹地用五根手指头，下棋似的调派着一个政权颠覆另一个政权，一个国家蚕食另一个国家。

写信是诸多环节中最为复杂的一个，因为郑阿龙无法规定每一封信的具体内容。当然，他给过他一个宗旨：中心大意是牵挂。他说："要尽量生活化，不能光来虚的。当然，也可以考虑来一点花的，毕竟是新婚离别。"

信是发给一个郑阿龙指定的电子邮箱的，一个星期至少三封。他的思路在郑阿龙金箍棒画好的圆圈里艰难地匍匐前行，总想爬得尽量远一点，可是又怕撞到墙角，所以每一次都累得头晕眼花。每当他想起读他信的人是郑阿龙，他就觉得一种扒光了衣服似的难堪，忍不住起一身鸡皮疙瘩。电话里郑阿龙三番五次地埋汰他："干巴巴，太干巴巴了。你一个重点大学中文系的高才生，怎么一点浪漫的细胞也没有？"他叹着气，说："我实在干不好这样的活儿。"郑阿龙在电话那头嘎嘎地笑了，说："我知道你是怎么想的。能不能忘了这信是给我看的？你就想这是给你爱的人，或是你爱过的人写的，不就完了？这样的人，一打没有，两三个总有吧？"他沉吟半响，终于说："其实，就这样也挺好的。像我这个年纪结婚的人，应该很实际，说的都是家常，太花了反而不像。"

郑阿龙想想也是。

相对于他绞尽脑汁的去信，回信显得轻松活跃，通常很短，三五行字，语气里有些微的调侃，有时还会冒出几句英文，算不上流利，但大体通畅，明显不是郑阿龙的手笔。他开始猜测是不是梅龄写的，但到底也没问。

好在这样的折磨没有历时太久。四个月后，梅龄顺利地拿到了探亲签证，作为何跃进的妻子踏上了前往加拿大的旅程。

九

直到去机场接人的时候，何跃进才试图回想梅龄的模样。在中国他们总共只见了四面，一次是接风，一次是游园，一次是扫墓，再一次就是领结婚证。每一次，中间都闹哄哄的隔着许多人。他从来就没有认真地看过她一眼，相信她也没有。那张原本就模糊不清的脸，又在分离中浸泡了四个月，更是淡薄得失去了几乎所有可以提示的线索。

他在街边的小店里挑选了一束花。这也是郑阿龙事先交代过的。挑选这个词，在这里还算大致合宜，因为他的确是在众多的花束中挑了一会儿才挑出这一束最便宜的康乃馨。他没选玫瑰是因为玫瑰的价格比康乃馨贵出了两倍。这不过是一件一次性使用的道具，他犯不着为此花费太多的钱。捏着那束用廉价的粉红色塑料纸包装起来的花，站在熙熙攘攘的接机大厅里，他才意识到了自己的忐忑不安：

这么多人里头，他没有把握是否能把她认出来。

等到她取了行李走出来，他脑子里那些四下乱飞的模糊形状和线条突然飞快地跌落到实处，他一眼就认出了她。她消瘦了一些，脸色泛黄，颧骨高耸，眼眶深陷，穿了一件裹得紧紧的长花裙子，乍一看竟像是某个画家笔下的云南泼水节里的傣族女子。

他把康乃馨递给她，就拖着她的行李往停车场走去。她轻轻地扯了扯他的袖子，叫他停下。她从随身提包里拿出一个小照相机，他才恍然大悟，他几乎忘记了一项重要任务。他拦下一个过路的游客，给他俩在"多伦多国际机场欢迎你"的大牌子底下照了一张合影。快门按下，笑容定格，僵硬而真实。

"再照一张？"她问他。

他突然醒悟，他没有把姿势摆好。于是他和她重新站好，他犹犹豫豫地把手搭在了她的肩膀上。证据。他想起了郑阿龙的话。是啊，每一张照片都有可能成为她永久居留的绿灯，或者是红灯。快门再次按下。微笑依旧僵硬，但至少有了一丝久别重逢应该有的亲昵。天热，她的肩膀和发梢上都有汗。水分一会儿就挥发了，可是湿黏的感觉却在他的指尖存留了很久。

他们走出机场，坐进他的车里，往家里开去。天黑了，是那种高旷深远的黑，无边无际。星星还没有出来，只有一层浓郁的墨蓝，团团簇簇地环绕在地平线四周，那是太阳滚落时留下的擦痕。

她没见过这样惊心动魄的北方天空，忍不住说了一句:"这里的天真好啊!"

他说:"这算什么，最好的在西海岸，落基山脉。"

他问她吃过饭了吗，她说飞机上吃得很饱。她掩嘴打了一个哈欠，抱怨飞机上有个孩子，一路哭得人都睡不了觉。她的哈欠轻轻一勾，就把他的哈欠勾了出来，两个哈欠在空中相汇融合，满车便都是肥胖的睡意。

两人就再无话可说。

他的车子是一部福特老爷车，很是宽敞，可是他觉得每一寸空间都被一股看不见的陌生堵满。他原来不知道，陌生也是一种物质，长棱长角，搁在空气里，空气顿时变得拥挤僵硬而没有质感，硌得他浑身每一根筋骨都疼。想到还要在这样的空气里生活一年，两年，或许更长，他的头皮紧了起来。他打开车窗，长长地吁了一口气。他有点后悔接了这单生意。假设他当时能预见到他很快就会找到一份白领工作，每月能有固定收入，他还会同意和身边的这个女人见面吗? 可是他知道，生活里没有假设，谁也不能跑在命运的前头朝回看。现在他已经是上在弦上的箭了，他的路只能有一个方向,那就是向前,走到哪站是哪站。

回到家,他把她的行李放到了卧室里。他租的公寓是一居室,从今往后,卧室是她的领地,他住厅里。

她进了门,又出来,倚靠在门上,欲言又止。他问她什么事,她犹豫了一下,才问:"这样行吗?移民局会来查吗?"

他明白了她的意思,忍不住哈哈大笑:"你的那个郑阿龙,好莱坞电影看多了。那是美国,加拿大从来不会有这样的事。移民局要来,也得早早通知你,找你方便的时间,不能搞突袭。"

她哦了一声,闪开了眼神,他看出了她脸上的难堪。他知道他不应该在这个时候提郑阿龙的名字。可是他忍不住。在国内有限的几次见面中,郑阿龙从来没有对他不客气过,可是郑阿龙也从来没有忘记提醒他谁是这桩生意中付账买单的人。现在郑阿龙的气场远在千里万里之外。在这个六十平方米的小居室里,是他说了算。

他终于可以略略放肆一些了。

他开始为自己铺床。他的床是在沙发上。他明天有一堂早课,他必须早睡早起。等他铺完床,漱洗完毕,一回头,她还靠在门上。

"我给他发过信息了……明天就会汇到你的账户上。"

他知道她话里的那个"他"是谁，也明白那个短暂的停顿里包含的是什么内容。一切如当时谈妥的，她到了加拿大，他就该得到第三笔款了。这些事他从不需要操心，郑阿龙是个守信用的人。郑阿龙的心思比谁都缜密，他给他在国内开了账户，以免大笔款子进账会引起移民局的怀疑。

他想说一句谢谢，最后说出来的却是："洗洗睡了吧。夜里要是饿了，冰箱里有蛋炒饭。"

她进屋，关起了门。空气稀松一些了，他开始进行睡眠来临前的一些步骤。调整呼吸节奏，清空脑子里的杂货……自从他离开最后一份蓝领工作之后，他的睡眠质量明显下降。他已经预料到了今晚的艰难，因为今晚他的脑子里，除了日常杂货，还新添了一样东西。那样东西，是卧室门后的那个陌生女人毫无商量余地地扔给他的，犹如一层油腻，黏浮在意识的表层，意识流到哪里，油就跟到哪里，他清不空这样的混杂。

他辗转反侧地折腾了很久，脑袋和身子终于分了家。他的脑袋站在他的身子外边，遥遥地听见他的身子在发出一些细碎的扯破布似的鼾声。他的脑袋还听见了屋里的其他一些响声，比如卧室门里压抑得变了形的说话声。是那个女人在打电话，说的是方言。后来说话的声音消失了，被另外一种声音所取代。窸窸窣窣，喊喊喳喳。过了一会儿，他才明白那是指头拂过电脑键盘的声音，也是压抑着的。那声音响了很久很久，终于把他旧棉絮一样稀薄的睡意扯出一个无法修补的大洞。

他知道这一夜是彻底完了。

他终于坐起来，点了一根烟。自从祭墓那天郑阿龙递给他那根烟之后，他又恢复了抽烟的习惯，是有一搭无一搭的那种抽法。在袅绕的烟雾中，诗意像匍匐在黑暗角落里的一头怪兽，猝不及防地朝他扑来，吓了他一跳。他扯过一张餐巾纸，一个字也没涂改地写下了：

> 有时候
> 一些计划，一些决定
> 就像甩向湖心的鱼竿
> 当时想的是鱼
> 钓回来的
> 也许是淤泥，菜叶
> 还有其他
> 意外

十

所有的故事都从你开始

云太薄,风太轻

没有一颗太阳

背得动你的身体

哦,端端

这就是你的重量

在我心里

寻找端端的过程很不顺利,发给县政府的两封信都石沉大海。最后何跃进不得不从一本泛黄的旧通讯录里找出一个地址,给许发旺写了一封信。地址是三十多年前的,他又在信封上写了一句话,请求邮递员帮他寻找这个人,如果地址已经迁移。

许发旺是一个他永远也不愿想起的名字,可是他是他找到端端的最后一根稻草,他只能试一试。当他把信丢进邮筒的时候,他几乎立刻就忘了这件事,因为他并没有期待回音。

那年中学毕业之后到潘桥插队的知青,一共有十个人。这群人是到那个地区的第一批也是唯一的一批北京知青。那里的人没见过北京来的读书娃，有些稀罕，所以没多久这批人就被陆陆续续抽调离开了生产队，有的进附近的煤矿子弟学校当了老师，有的去了公社团委，有的到县广播站当了广播员，最后还留在潘桥的，只剩下端端和跃进两人。

端端是因为父母的事。端端的父母被隔离审查了好几个回合，几进几出，已经是单位里出名的"运动员"了。然而没想到，最后一次，是从隔离室被直接送进了秦城监狱。据说五十年代末，红太阳访问莫斯科接见中国留学生，发表"世界是你们的也是我们的"演讲的时候，苏联方面破获了一起图谋刺杀中国代表团的案件，有人揭发端端的父母就是隐藏了多年的同谋犯。

端端父母的罪名，是叫天底下胆子最大的人也要失色的罪名，是那种宁愿错杀一万也决不能错放一个的罪名，所以尽管单位的领导班子换了一茬儿又一茬儿，这个案子却依旧遥遥无期地审查下去。渐渐地，人们就把这件事给忘了，于是他们就在监狱里一年又一年地等待着一个也许永远不会来临的结论。端端的身上蜗牛似的背着这样一座大山，即使是离京城再远的地方，也没有人敢轻易调用她。

而跃进却是有机会的，他的母亲早已解放，回到了原单位工作。县里刚刚成立了一个文工团，需要一个能写台词编剧本的人，他写过诗歌快板，在北京知青中小有名气。县里派人找过他，想把他借调到文工团工作，但他没有答应。

他没有答应，是因为端端。

端端从来不提父母，也不提北京的家，仿佛他们根本就没有存在过，而她不过是从石头缝里蹦出来的一根草，没有根也没有枝蔓。当北京的同学们收到家信和家里寄来的食品，欣喜若狂地打开包裹彼此分享的时候，她坐在边上，扭脸看着别处，看不出任何嫉妒和感伤。和其他出身不好却加倍努力表现的同学不一样，端端寻找每一个机会偷懒。知青里头，端端是每天睡得最早起得最晚的那一个。每回派到农活儿，她对付几下，就躲到树荫底下睡觉。县里难得派一次放映队下乡放一场电影，她竟能坐在板凳上打盹儿，连村里的女人们都叫她"睡不醒的懒婆娘"。她不是团员，也没想入团，所有的批评落到她头上，就像落到鸭子羽毛上的水，一滴也留不住地滑走了。

只有跃进知道，端端是对生活彻头彻尾地绝望了。是那种走一千里夜路磨穿一百双鞋子也走不出来的绝望。端端之所以还能每天早上勉强起来，出门上工，仅仅是因为他，她不愿意他为她难过。假若他也走了，端端就永远也不会起床了。

大部分知青都抽调走之后，队里把知青宿舍要回去做了仓库，跃进和端端就分别被安排在队长和书记家里搭铺。

书记就是许发旺。

潘桥是个富村子。潘桥村几乎每一家都有人在相邻的煤矿当农民工。潘桥人碗里的饭食，有一大半来自矿上发的工资，一小半来自微山湖的水产，只有粘在碗底的那几粒米，才真是田里所产。潘桥人靠着矿产和水产，就不把种田看得那样认真，所以他们也没真指望北京来的学生娃能在田里翻出什么大花样。再说了，即使让学生娃下去种田，他们一个人做的活儿，还得三个人在后头修补，实在是得不偿失。知青队还在的时候，就没人跟他们较过真，现在只剩了何跃进梅端端两人，就更没有人管他们了。只是春耕和双抢的时候，队里会指派他们俩负责给田里的人送汤送水。农闲的时候，他们俩跟着婆姨们学学修补渔网。村里开会或者政治学习的时候，他们俩就给抓差来读报纸。

大部分时间，许发旺都叫端端念报纸，他说女娃娃声音脆朗，听得清爽。报上说的那些事，跟潘桥人也实在没有多少干系，什么亚非拉美革命形势风起云涌啊，美军在越南战场节节败退啊，西哈努克亲王会见某国使节啊，那都是潘桥人八竿子打不着的事，可他们还是爱坐在那里呆呆地听。端端读报慵慵懒懒的，舌头卷得厚厚的，带着微微一丝鼻音。听惯了广播里慷慨激昂的金属声音,潘桥人只觉得端端的普通话别有风味,叫他们听得着迷。

在既不农忙也不织网读报的日子里,跃进和端端几乎每天都会到湖边去坐一坐。那时候的湖滩荒凉得几乎就是他们两人的天下。有太阳的日子里,湖面开阔深远,天是白的,渔舟是白的,荷叶荷花也是白的。微风起来,万仞碎银,水天浑然一体。只有水鸟的嘎嘎声,才把铺天盖地的静谧撕出些细碎的裂缝。在这样的地老天荒里,跃进几乎忘记了北京。就在这里吧,一生一世也无妨。外边的天,无论塌陷成多少爿,只要端端在,这汪湖还在,他的心就安然。

端端很沉默,即使是脱离了集体的眼目,单独跟他在一起的时候。自从端端的父母进了秦城监狱,端端就很少说话,摇头和点头几乎成了她唯一的交流方式。有一天,就在湖边,他小心翼翼地问起了她有没有父母的消息,她仿佛吃了一惊,嘴唇颤了几颤,半晌才说:"我没有父母。"

他的心仿佛被什么东西蜇了一下,有一粒血珠黑虫子似的从被蜇的地方爬出来,越爬越大,渐渐弥漫了整个胸腔。他感觉窒息。

"端端,你要相信他们。"他终于在那团淤血中挤出了一句话。

"我相不相信有什么用?"

"谁不信,你也得信。"

端端不说话,只是抬了头看天,定定的,仿佛要把天看出一些破绽。

他知道端端心里有一个巨大的窟窿,无论他往里边添多少把柴火,也照不亮这么大的一片黑暗。

他唯一可以做的,就是给端端念诗。

从北京过来时,他偷偷地在行囊里塞了一本外国名诗选集,那是他父亲当年的藏书。过集体生活的时候,他只能把它藏在床褥底下,晚上翻出来打着手电筒在被窝里偷偷地看。现在那个集体散了,他终于可以肆无忌惮地高声朗读那些他其实早就熟记在心的诗篇。书在床褥底下沾染了太多的湿气,边角已经翻卷起来,内页在反复的抚摸中磨出了厚厚的毛边。这一切都无关紧要,他每次翻开那些诗页,感觉都像是初次相逢:

> 假如生活欺骗了你,
> 不要悲伤,不要心急!
> 忧郁的日子里须要镇静:
> 相信吧,快乐的日子将会来临。

心儿永远向往着未来;
现在却常是忧郁:
一切都是瞬息,一切都将会过去;
而那过去了的,就会成为亲切的怀恋。

"端端,你听听,普希金的这首诗,像不像是为你写的?"他忍不住对端端说。

在我最近的歌里,
要是还脱离不了
那往日的凄凉音调,
请你不要心焦!

稍待,我这悲歌哀音
就要成为人间绝响,
从我康复的心中
要涌出新春的歌唱。

心,我的心,不要悲哀,
你要忍受命运的安排。
严冬劫掠去的一切,

新春会给你还来。

你还是那样绰绰有余!
世界还是那样美丽多彩!
我的心,只要是你情之所钟,
你都可以尽量去爱!

"这是海涅的《还乡曲》,"他告诉端端,"普希金和海涅相隔两年出生,一个生活在俄罗斯,一个生活在德意志,可是却不约而同地写出了这样相似的诗,因为人类所有的感情都是相通的。伟大的诗人,就是能把人类的普遍情绪,用最精辟的语言和韵脚表现出来。"

有一只萤火虫飞过了端端深黑的瞳仁,虽然瞬间即逝,可是他看清楚了,那毕竟也是光亮。就是在那一刻,他明白了,打开他心灵的钥匙,也通往她的心。

"振作一点,好吗,端端?"他说。

她依旧沉默,却把手伸给了他。她的手心是一幅细纹密布的迷宫图,虎口附近扎了一根黑刺,是他们扶着树干下湖岸的时候扎进来的。

他帮她挑出了那根刺。

他知道,这就是端端的应允了。

有一天，吃过晚饭，他去许发旺家里找端端，应门的是许发旺本人。他惊讶地问发旺婶呢，许发旺说她去了娘家，老丈人身体有些不妥。他又问端端呢，许发旺说出去了，吃完饭就走的。他问去了哪里，许发旺说："你都不知道，我怎么知道？"

他只好走。走到一半，又被许发旺叫了回来。

"你们虽然是北京学生娃子，比我们这里开放，可是知青也是要注意影响的。"许发旺说。

许发旺虽然没念过几年书，但是去县里参加过几期干部培训班，所以许发旺的话里有一些潘桥人没有的官腔。

他一言不发地走了。没有人动得了他的知青口粮，他不用在乎一个甚至十个许发旺。他已经放弃了所有抽调的奢望，所以他摆得起无所畏惧的姿态。

他到了湖边，端端果然在。他知道她没有别的地方可去。端端坐在一块秃岩上，两手圈住两腿，下颏埋在两膝之间，呆若木鸡，仿佛压根儿就没有看见他。他早已习惯了她的情绪周期，并没有在意她的沉默。他在河滩上找了几块乱石，开始打水花。他的眼神手法都很准，一块石头激起了一大串水鸟，天一下子暗了一片。

她突然站起来，抓起他放在地上的诗集，卷成一个筒，朝他狠狠地砸过来。他不备，差点被她砸翻在地。

"猪！你是猪脑子啊！"

她满脸通红地指着他的鼻子说。她的五官扭歪了，眼睛里冒着烟。

"你不知道文工团是国家正式编制啊？半年就可以转正，汇演成绩好可以直接调到省里！"

他明白了，她听说了他没去县文工团的事。他从来没有看见过端端发这么大的脾气。更确切地说，他其实从来没有看见过端端发脾气。端端从小就是一个蔫茄子，端端要发也是发冷脾气，那种一声不吭的脾气。

他抓住了端端的手，把她按回到岩石上坐下。

"我要是去了县里，你怎么办？"

端端虽然坐下去了，呼吸依然粗大，鼻孔一伸一缩的仿佛灌了风。

"你不走，你还能陪我一辈子？"端端说。

他久久说不出话来。她也不说话。可是他知道她在等着他的话。

他捡起他的诗集，抽出夹在里面的一张纸，念了一首诗：

你可以把心紧紧地锁上
可是把钥匙交给我吧

我请求你
　　我承认，我不是最好的管家
　　但是我会把它埋进湖心
　　让它在淤泥中间
　　开成一株荷花
　　岁岁年年，洁白无瑕

"你知道这是谁写的吗？"他问她。
"猪。"她说。
"你知道这是写给谁的吗？"
她不说话，可是她黑榛子似的瞳仁里浅浅地浮起一层雾气。
这是他第一次看见她哭。
那天晚上，他们在河滩上待了很久。那是一个无星无月的夜，天是黑的，水也是黑的，只有零零散散的几点渔火隐隐照出水和天的分界。风起来，荷叶窸窣生响。树林里有一只猫头鹰，发出一声凄厉的哀嚎。
他说："我们回家吧，天晚了。"
她却坐着不动。
"你能陪我坐到天亮吗？"她问他。
"那明天许发旺就要在县广播站里播放寻人启事了。"

他说。

"我就是不想见这个人。"端端说。

"为什么？"

"他老婆不在，今天。"端端把身子缩了一缩。

跃进突然警觉了起来，说："他欺负你了？这个混蛋！"

"没有，真的没有，我只想你陪我在这里再待一会儿。"

端端让出了半块岩石，他在她身边坐下。夜露下来了，鞋底已经有了潮湿的凉意。他把外套脱下来，盖在她身上。她抖一抖身子，他就钻进了她抖出来的那半件衣服。他裸露的胳膊碰到了她的身体，她轻轻地颤了一颤。她的颤簌像感冒一样马上传染了他，他也情不自禁地颤簌起来。他心里突然长出一根细细的火绳，毫无章法地朝着身体的各个角落乱窜。火绳窜到的地方，肉就烧成了铁。他想伸手出去掐住这根火绳，可是他的手行走到一半的时候突然改变了方向。他眼睁睁地看着他的手自行其是地解开了端端衬衫上的扣子。端端呻吟了一声，身子瘫软得如同剔了骨头的鱼。他毫不费力地就摸着了她胸前那两团化成了水的柔软。他隐隐感觉到有两颗细石子在水的中央轻轻地顶着他的掌心。他的手顺着她的柔软渐渐向下滑去。

突然间他的脑子揪住了他的手，他的手揪住了他的身子，噌的一声，把他揪离了那半件外套搭出来的险境。

"哦，端端，不，不……"他嚅嚅地说。

"我们结婚吧，过了春节，我去公社开证明。"

他想对她这样说，可是已经晚了，端端已经头也不回地离开了河滩。

十一

何跃进下班开门进屋，一下子觉出了屋里的不同。

屋子大了。家具依旧还是原来的摆法，但家具周围的杂物却不是了。它们，连同沾在它们身上的灰尘，都已经被挪移在视野之外的某个隐秘角落。窗帘被两个做成了五指形状的夹子高高束起，那捧廉价的康乃馨挣脱了更为廉价的玻璃纸包装，正在一个水杯里毫无廉耻地盛开怒放。

可是，这不是唯一的变化。还有一些一下子说不清楚的变化，在屋子的每个角落里隐约弥漫。他在门道里怔了一小会儿，才慢慢地明白了。

一个人的空间被另一个人，一个陌生人，割据了。那个人的四周仿佛有许多只看不见的手，像水虫子的须，在撺掇着原本属于他一个人的空气。他感到屋子一下子也变小了。他有些气闷，忍不住去开了窗。

梅龄接过他的公文包,对他说:"洗洗手就可以吃饭了。"

他坐下来,发现餐桌上已经摆好了四菜一汤,荤素和颜色都搭配得当。早上出门时,她还在睡觉,他没有时间交代她柴米油盐锅碗瓢盆放在哪里,可是她都自己找着了。

他们开始默默地吃晚饭。他听见了自己喝汤的呼噜声响,意识的触角拉响了警报,提醒他现在他已经不再是一个人独居了。空气的浓稠和僵硬再一次硌疼了他的神经。

"其实今天我是想带你出去吃饭给你接风的。"他觉得他要是再不说一句话,空气就要把他挤扁了。

"我反正也是闲着,在家吃省点钱。"

这真是一个实在的女人。他想。

"昨晚睡得好吗?"

"还好。中午补了一会儿觉。"

他创造的话题像死胡同,进退都不是海阔天空。

于是,他不再尝试,埋头吃饭。屋里太安静,碗筷的敲击声在他的耳膜上留下一道道划痕。菜的味道不错,可是他宁愿端着一个碗,独自坐到沙发上,一边看电视,一边吃饭,把菜汁饭粒随心所欲地洒在地板上。

"听说你现在在教书?"她问。

他突然醒悟过来,无论是他给那边的去信,还是那边给他的回信,都没经过她的眼她的手。

"你是听谁说的?"他很想这样回答,可是他觉得未免有些刻薄。他终于把这句话咽了回去,临时换了另外一句话:"上个月刚找的。"

"教几门课?"

"一门,但是三个年级。"

"难教吗?"

"还好。九堂课,分四天,周五在家备课。"

她也不再尝试,任由对话在营养不良中渐渐枯竭死亡。

他起身添饭的时候,偶然发现在她身后的凳子上放着一个开了盖的电脑,屏幕一闪一闪,正正地对着饭桌。

电闪雷鸣般,他突然醒悟过来,那是一个摄像头。

原来,她的拘谨除了陌生之外,还有别的原因。

"这是郑阿龙叫你做的?"

他砰的一声放下饭碗,米粒蹦了一桌。

"不,呃,是……"女人站起来,嚅嚅地说。

"你给我,把它,立刻拿走。"他一字一顿地对女人说。

女人犹豫了一下,不知所措。

"你拿不拿?不拿走我马上把它砸了,你信不信?"

女人把电脑盖合上，拿到了卧室里去。

他家的电话响了起来。他知道是谁。他不等对方说话，就喊道："郑阿龙，在你的地盘里，你做什么我管不了。但在我的家里，你敢再监控我，我马上去移民局自首。你敢再试一遍？"

扔了电话，他才知道自己用了多大的音量，他的嗓子已经撕裂了，呼吸里含着血腥味。

回过头，他看见梅龄站在卧室门口，脸上浮着一层茫然的微笑，嘴唇微微颤动着，仿佛要抖出一个惊天动地的机密，但最终却没有抖出一个字来。那次在山上给她母亲扫墓的时候，摄像机镜头里留下的，就是这个表情。他的心软了下来，忍不住叹了一口气。

"什么事让你怕他怕成这样？"

"其实，这不过是一桩生意，你把它看得太认真了。"女人重新坐回到饭桌上的时候，笑容已经褪了，声音是一种波澜不惊的平和。

"其实他不是你想的那个样子。"女人静静地说。

"我想的什么样子？"

女人不理会他的逼问，只是给他添了一碗新汤。

"郑阿龙出身非常贫寒。那个郑，其实不是他的姓。他换过好几个姓，因为他妈拖着他这个油瓶，改嫁过三次。他现在的姓,是他最后一个继父的姓。他继父家里孩子很多,他继父又爱喝酒,买不起下酒菜,就买几分钱一斤的小鱼。郑阿龙和他的弟弟,小时候就盼着他继父喝酒,因为他们可以像野狗一样趴在桌子底下,捡吃他继父嘴里吐出来的小鱼头。他上小学的时候,才有了第一双鞋子。初中毕业,就和他弟弟一起,在小菜场里摆了个摊子卖猪脏粉。早上五点,卖到晚上十一点,一年三百六十五天,除了大年初一,哪天都卖。一碗一碗,一直卖了三年,才攒足钱买了一辆菲亚特汽车,当起了的哥。那是他的第一桶金。"

"你还是没有回答我的问题。"他不耐烦地打断了她。他在世上混得太久了,一路行走,一路攒灰,攒了太多的苦情故事。灰太厚了,他不想再去集结那样的重量。

"你对你的学生也这样没有耐心吗?"女人起身,给她自己也添了一碗汤。

"我第一次遇上他,是在医院里,他给他妈妈办住院手续,我给我妈妈办出院手续。两个人都是中风,可是他妈妈住的是单人特护病房,我妈妈住的是急诊室的走廊。那时候,我在杭州上大学,我请假赶回来,把家里的积蓄全部用上了,也不够交付我妈的医疗费用。医院不肯通融,死活要赶我们走。他听说了,就替我交了一万块钱的押金,我妈才在医院里继续住了下来。"

"又一个英雄救美的故事。"他哼了一声。

"其实，他压根儿没有留下他的名字。两年以后，我才知道是他帮的忙，那时候我已经是他物流公司的雇员了。我妈中风以后，情况不好，我休学回家，找了好几个月的工作，后来才阴差阳错地在他的公司里找到了一个财会部的位置。我妈瘫痪在床上，我家住在二楼，我妈每天只能坐在床上，打开窗户，呆看着窗外的菜市场，等待着我下班回家。郑阿龙听说了，就派了公司的员工轮流背我妈下楼，坐轮椅到外边晒晒太阳。后来我家的旧房拆迁，我连一居室的新房也买不起，是他帮我们支付了差价，我妈才终于在闭眼之前住进了新家。"

"于是，你就给出了你的自由，还有……"他非常艰难地咽下了"身体"两个字。

"没事，你就说出卖好了。我知道这就是你心里想的。"女人说，"我不知道你欠过人的债吗？就是你能有下辈子也不可能还清的那种债？"

"你可以有一千种方式来帮他，比方说……嫁给他，为什么你要用这种方式？"

"何先生，也许，知道得太多，对你没有什么好处。"

梅龄站起来，收拾起一叠脏碗，进了厨房。

"别忘了，你也收了他的钱。而且，他没有逼迫你。"她从厨房里探出头来，冷冷地说。

十二

何跃进下课走出教室，一眼就看见教务秘书从办公室窗口探出身来，表情神秘地对他招手。

"吉米，你太太来了，等了你一会儿了。"

吉米是他在学校里用的洋名字。

"我太太？"他吃惊地拧起了双眉。

秘书忍不住笑说："吉米，你好像压根儿不知道你有太太似的。不过也是，我们做了几个月的同事，还真不知道你结婚了。"

他一下子醒悟过来，哦了一声，说："我刚结婚没多久。"

走到办公室门口，他一眼就看见屋里站着一个女人，背朝着他，仰脸在看墙上的画。女人剪着一头极短的头发，身穿一件紧身黑色衬衫，黑短裙，黑色高跟鞋。一身的黑，显得该瘦的地方瘦到了极致，该肥的地方肥得让人走神。

女人听见他的脚步声，转过头来，微微一笑，说："吉米，Emily Carr的画真好。"

何跃进一时愣住。

几个在办公室改卷子的老师开始起哄:"吉米好像认不得自己的太太了。"

秘书说:"这叫蜜月期综合征。"

众人大笑。

他只觉得脸上微微有些发烫,忍不住暗自恼怒一张五十多岁的糙皮老脸竟然还会那么容易地变色。吸了一口气,略略地镇静了下来,他才问梅龄:"你怎么来了?"

"我就想过来跟你吃一顿午饭。"她说。

他这才注意到办公室的茶几上放着一个印着泰国快餐商标的塑料袋。

何跃进拉着梅龄走出了办公室,隐隐听见秘书在身后说:"……好好讲一讲Emily Carr的画哦……"同事的笑声如芒刺扎在他的脖颈上,拔了这根,还有那根,一根一根的,总也拔不干净。

一走到走廊上,他就换了中文,问梅龄:"你怎么突然来了?"

梅龄也换了中文:"这话你问过我两次了。我们班老师家里出了急事,下午的课取消了,我看你今天没带午饭,就临时想过来看看你。"

他新近给她报名参加了一个天主教会办的英文会话

班，一周三次，今天是上课的日子。

走廊里有几个学生经过，大声跟他打着招呼。

"别那么紧张，脸拉得那么紧，让别人看见要起疑心的。"她轻轻碰了一下他的肘子，他松了松脸上的肌肉，做出一个近似于微笑的表情。有时他觉得这个比他小了十几岁的女人，骨子里有一种比他老成了许多的周全。

"我们在哪里吃？饭要凉了。"她问。

最好的地方当然是教职员工的午餐休息室，可是他不想去那里。他不想跟好奇的同事——解释他新近改变的婚姻状况。在工作申请表上的婚姻状况一栏里，他填的是单身，那是一个不小心犯下的错误。

他领着梅龄往学校的操场走去，两人转了一圈，终于找到了一张空凳子。

太阳很好。已是正午了，隔夜的露水依旧还没干，在阳光底下闪着晶莹的亮光。但是皮肤知道，这是秋天的阳光了，舔在身上，不再是啄人肉的那种疼，而只是一种温吞水般的舒暖。树木已经变色了，从最深的红到最浅的黄，在风里爆炸着一团团最后的辉煌。天空中飞过一群知道了季节的野雁，羽翼中带着几乎肃穆的井然。远处有一群孩子在喧闹地踢着足球，他知道是南美来的国际学生，只有这群孩子能以这样的激情，把他们对这项运动的疯狂，传染给这片陌生的国土。

"这份是你的。我给你要了特辣的泰国春卷和米粉。"

梅龄递给他一个盒饭。他左顾右盼地接过来,额上渗出细细的汗。

"你是不是怕你的同事朋友见到我,你就不能找女朋友了?"她突然问。

他被她的这个想法逗笑了:"女朋友?这个时候?你是想让我蹲监狱吗?你是不是特想长期送牢饭?"

"其实,如果你有信得过的人,也是可以告诉她真相的,只要她肯等。"

等?一年?还是两年?那只是等待移民纸的时间。那里边还不包括申请离婚、等待离婚判决正式生效的时间。

但是他没说话,他只是默默地吃着盒里的饭。

"要是哪天你要带谁来家里,你事先告诉我一声,我可以到外边去的……"她嚅嚅地说。

他觉得心里有一股东西在隐隐地向上蠕爬,爬到他喉咙口的时候就爬不动了,凝成了一个小小的团。那是感动。

"你的英文课上得怎么样?"他问。

"老师说我就是敢讲。我想她的意思是说我脸皮厚,不怕犯错误。"

他看着她,感觉眼前的这个人已经不是那个他从机场领回来的人了。这个女人身上有了些变化,像是鸡从蛋壳里挣脱出来,一脚踩到新世界的那一刻里产生的那种变化:新鲜,好奇,不知害怕。

他忍不住微笑说:"其实,你英文说得还挺通顺的。"

"我读大学的时候是学过英文的,有基础,只是时间太短。"她叹了一口气。

他知道,她时不时的还会为她半途夭折的大学生涯惋惜感叹。

"你到了这里,还是有很多机会的。等拿了移民纸,你是可以接着上学的,如果……他同意。"

他顿住了,因为他觉出了重量。风有了重量,阳光有了重量,午餐也有了重量。他放下餐盒,从口袋里掏出一张皱巴巴的餐巾纸,擦了擦沾了油的手指。

"这上面有字。"她提醒他。

他醒悟过来这是他早上坐在地铁里的时候,随意写下的一首诗:

  那时候
  阳光每天都不一样
  你期待着
  墙上量身高的那条线

天天向上
你伸着脖颈
多么想加入
大人们无边无际的交谈

现在
你高了,太阳变得矮小
谈话成为累赘
你宁愿
蜷在一个人的茧壳里
默默地,替过去殓葬

  他把那张纸揉成一团,扔在塑料袋里,说:"没用了,废纸一张。"

  她把那张纸拿出来,另外放在一边,说:"我外婆说,古人把废纸篓叫作惜字篓,那才是对学问的敬重。我们小时候,写过字的纸,是不能随便丢的。"

  他叹了一口气说:"幸好你外婆没活到今天,看见所有的惜字篓都派了别的用场。"

  饭终于吃完了,他点了一根烟,慢慢地抽着,把一口一口的烟雾吐成一个一个圆圈,然后仰脸看着那些圆圈在空中变得稀薄，渐渐丢失形状。他很少在学校里抽烟，可是今天不知为什么，他忍不下心里牵牵的那一点念想。

"你怎么把头发剪了？"在两个圆圈的间隙里，他问她。

"我想给你同事们留下一个好印象。"

他怔住。

"你是说，你一早就计划好了的？"

"我……就是想……让你同事也知道……万一……移民局……来调查……"她突然口吃起来。

"这也是郑阿龙教你的？"

她不语。其实他已经不需要她的回答了。郑阿龙像一根线，已经牢牢地织在了他生活的每一个细节上。他无法剥离这根线，除非他想毁掉一整匹布。这一刻，就在灿烂的秋阳里，他电闪雷鸣般地明白了，郑阿龙买走的，不仅是他的大自由，何去何从、和哪个女人结婚生子的自由，而且是他的小自由，那种因一件小事而产生的随意快乐。

他扔了烟蒂，起身就走。

他听见她高跟鞋笃笃的声响。她追过来了。

"你能不能不要这样情绪化？"她一把揪住了他的衣袖说，"郑阿龙在这件事上没错。你不是也想把这事做得天衣无缝，你好尽快恢复你的自由？"

她的脸涨红了。这是他第一次看见她把那层铁一样平和的面皮撕裂了，露出底下斑驳的愤怒。

"你不是这里头唯一一个失去了自由的人。"她说。

"如果你和你的那个郑阿龙，想得到我的合作，你最好在做任何事情之前，先和我商量一下。"他冷冷地说，"比如今天你打扮的这个模样。"

"我怎么啦？"她疑惑地问。

"你是想让我所有的同事都认为，我娶的是一个看上去更像是我女儿的人？"

这一次，是她怔住了。

十三

时局的坚冰开始大片瓦解，五花八门的小道消息陆陆续续地通过何跃进母亲的信从北京抵达潘桥。虽然媒体上每天都有冤假错案平反昭雪的新闻，但是端端父母的案子仍旧没有任何松动的迹象。他们的卷宗似乎被锁进了一个保险柜，而钥匙却被丢弃在一个无人知晓的角落生锈并积攒着尘土。

有一天，跃进和端端同时接到了来自北京的信，他的信来自母亲，而她的信，却来自她父母的单位。那阵子，他母亲的来信非常频繁，每一封信里都有一些让人心颤的新闻。而端端，却是极少接到任何外界来信的。

"平反，一定是平反的消息了。"跃进激动地说。

端端没有说话，但是端端拆信的手在微微颤抖。这个冬天端端胖了一些，夏天的骄阳在她脸颊上留下的印记已经退去，她的肤色变白了，是一种病态的白，像是吐丝结茧的蚕那样的近乎透明的白。跃进隐隐感觉不安，那是一种接受了现实的所有安排之后的慵懒和安然。十九岁的端端已经有了六十岁的沧桑。

端端终于拆开了信。信很短，她两眼就看完了。放下信，她瘫坐在地板上，仿佛身上的骨头空了瘪了，再也撑不起一身的重量。

端端的父亲死了。

端端的父亲，就是在那个万物似乎都在喧嚣地复苏的时候丧失了最后的耐心的。他熬过了黑夜，却没有熬过白天。等待天亮的信念，是一根细细却坚实的绳索，这些年里拽着他，苦苦地熬过一个又一个孤独的暗夜。然而天终于亮了，他却发觉他等了那么久的黎明，竟是别人的黎明，原来与他并无关联。而他，再也没有另外一个等待天亮的理由了。他的希望之索断了。在一个无星无月的夜晚，他用撕成了条的床单，把自己吊死在了监狱的铁窗上。

端端接到她父亲的死讯却没有哭。端端的眼睛如同两块干涸的河滩,最先的时候,还能看见嶙嶙岣岣的枯石,如今,枯石被风沙盖满,只是一片没有内容的荒凉。

他蹲在她对面,搜肠刮肚,想找出一句安慰她的话来。可是没有,一句也没有。那天他才真正意识到了语言的苍白贫乏。他一生积攒的话语里,竟然没有一个字能穿透那样的坚石那样的绝望,连个边都没擦上。

那天,他哭了。后来还是她伸出手来擦拭他的眼泪。

那天他陪端端在地上呆呆地坐了很久,才想起来拆他母亲的来信。母亲的这封信里带来了一条异乎寻常的信息:中断了多年的高考,马上就要恢复了。

"端端,天无绝人之路,我们终于可以一起离开这个地方了。"他的神经突然兴奋起来,斑驳的泪痕在颧骨上结成一个光斑,"上帝关了一扇门,总会给你开一扇窗。"

他想在端端的眼睛里再找到一只萤火虫,一丝光亮。可是没有。端端的眼睛里只有深不见底的幽暗。

"算了,你知道我的成绩……"端端轻声说。

"所有的考生,都没有准备,所有的人,都在同一条起跑线上。我们至少完成了高中课程,而且,你的数学成绩还是不错的!"

他热切地拉着她的手,那一刻,他的眼神炯炯,飞到他视线上的灰尘都染上了色彩和光亮。

"你是有准备的,你一直在看书。你一定要去考。"她把她的手从他的手里挣脱出来。

"端端,你不走,我是绝不会走的。你知道的。"他把母亲的信叠好了揣起来,失望已经明明白白地写在了脸上。

端端叹了一口气,不再说话。端端其实还有话,但是端端把那后半截话吞咽了回去。端端没说出来的那句话只有两个字,却很重,能把地砸出一个坑:政审。

她没说出那两个字,是不想让他失望。那两个字是无法翻越的山,至少在那个阶段。她对自己早已没有指望,可是她知道她是他的希望,她不能断了他的希望。

于是,她同意和他一起,马上去找许发旺开介绍信。那天离高考报名截止日期只有两个多星期了。

许发旺很罕见地没在队部办公室跟人下棋扯嘴皮子,而是坐在自家院子里抽水烟。他的儿子毛蛋摘了一条树枝骑在胯下,沿着院墙一圈一圈地跑,跑得一院子鸡飞狗跳。他的女儿立群正趴在院子中间的那块洗衣板上做作业,冷不丁吃着了一片她弟弟扬过来的鸡毛,就大叫:"爸,你也不管管!"

许发旺也吃着了一片鸡毛。他呸的一声吐了舌尖上的泥沙,朝着儿子望过去。那天的日头好得叫人生出一身瘙痒，毛蛋在阳光里成了一个灿灿的金人，许发旺的眼睛里浮起一团潮湿模糊的慈祥。

"他是男孩，要是跟你一样文静，将来有人欺负你爸，谁来给你爸把横？"许发旺呼噜地抽了一口烟，和颜悦色地对立群说。

许发旺的婆娘正在院子里晒被子，一手拽着被角，一手捏着一条扁竹，打得棉被啪啪作响，日光里扬起一片闪烁的飞尘。她顺手用扁竹在毛蛋的屁股上敲了一记，又从兜里掏出一个红鸡蛋，丢给毛蛋。那是隔壁那家人孩子满月送过来的礼。毛蛋扔了树枝，坐在石凳上剥鸡蛋吃，院子里才渐渐安生了下来。

"端端姐，你快过来，给我讲讲这道应用题。我做了半天也做不出来。"立群见了端端，欢喜地迎了过去。立群和端端在一张床上睡了一年多，立群什么事都爱跟端端学。

"今天你端端姐可没工夫给你讲作业，你端端姐今天有紧要的事要找你爸呢！"许发旺从兜里掏出一条皱成一团硬嘎巴的手帕，慢条斯理地擦起水烟枪。

端端吃了一惊，问："你怎么知道的？"

许发旺呵呵一笑，说："你们消息不灵通，叫人家抢先了。昨天和今天，已经有六个人从我这儿打了介绍信，都是参加高考的。"

跃进也吃了一惊，他母亲那里的小道消息，原来早已经是别人家里的正版新闻了。

"那也没什么，反正没有名额限制，先来后到都一样。"他很快镇静了下来。

"没有名额限制，也得讲个分批分期吧？你们不能说走就一下子都走了。大学需要你们，农村就不需要你们了？"许发旺的水烟枪清理完了，再点起火，就有了新劲道，声气响了很多。

"需要？你别在这里给我唱山歌了。我们在这里这么久了，队里派我们干过什么正经活儿？"跃进冷冷地说。

"哦？那是队里对你们的体恤，你倒有意见。那好办，等开了春，好好派你干点活儿，你兴许就知道队里有多需要你们了。"

许发旺的脚指头在老棉鞋里捂得发痒，就把一只脚从鞋袜里扒出来，搁在另一只膝盖上，慢慢地搓起了脚泥。一股酸臭在空气里弥漫开来，端端忍不住打了一个喷嚏。

"中央说的，要全力支持知青参加高考，没说要分批分期。"跃进说完了，心里有点虚，这是一句壮胆的话，母亲的信里并没有提到中央精神。

许发旺哈哈地笑了，说："中央是没有说要分批分期，可中央也没有说要一次放行啊，具体执行权在地方。我这块地方，现在就是需要你们。他们先走一步，你们再等一年，明年再考，不一样也是考吗？这又不是憋屎憋尿等不及的事。"

"明年？"跃进听见胸腔里有一阵咕噜的声响，一个气泡一路呼喊着升到他的脑袋里，在脑门上鼓出一个青紫色的包。

这时端端的肘子碰了他一下。就这轻轻的一碰，他一下子给碰醒了。从前他可以在许发旺跟前驴马一样爱怎么撒野就怎么撒野，那是因为从前他对他一无所求。可是现在不一样。现在他和端端的下半辈子，就系在许发旺兜里的那枚红印章上。那枚红印章像一把铁锤，一下子把他的气泡给砸瘪了。再开口的时候，他觉得他已经矮了一大截。

"许支书，一年的形势跟一年不一样，谁知道明年是什么政策？请你放我们走吧，就是一句话的事。"

许发旺依旧慢条斯理地搓着脚泥。沉默如山，压得跃进的背越来越矮，矮得几乎要陷进泥里尘里。

"请我？怪客气的。还没见你这么客气过呢！"许发旺终于说。

"立群他爸，这些孩子怪可怜的……"许发旺的婆娘忍不住说。

"公家的事，你一个婆姨家懂个屁！"许发旺狠狠地瞪了他婆娘一眼。他本想一眼把婆娘瞪哑了的，没想到婆娘竟然还有话。

"这里不是大队部，别跟我讲公家私家的。"婆娘扔了扁竹，咚咚地进了屋。

许发旺终于把脚搓干净了，套进鞋里，扶着腰站起来，踢踏踢踏地往屋里走去。许发旺坐着的时候，腰身笔直，走路的时候，也是腰身笔直，只是从坐的姿势换到站的姿势时，他的腰泄了密，让人知道他不再是个青壮小伙子了。

"这事还有商量吗？"端端突然问道。

端端先前一直没有说话，端端说这话的时候，也没有看许发旺。端端只是仰着脸，盯着院墙外边那棵高大的白杨树。前一季的老叶子早落光了，下一季的新叶子还深藏在枝条里，等待着春天的千呼万唤。秃枝上露出一个黑黝黝的鸟窝，有两只野雀子在唧唧啾啾地钻进钻出。端端的眼光定定的，仿佛那句话是扔给鸟窝扔给雀子的。

"这话你是问我吗？我还想问你呢！"

就在走进房门的那一刻，许发旺转过身来，看了端端一眼。那一眼像钝刀，剌得人身上毛毛糙糙的都是疤。

"不跟他废话，咱们找公社说理去。"跃进忿忿地拉着端端就走。

"赶紧去,趁着李书记还没去县城开会。"许发旺从窗口探出头来,呼噜呼噜地抽了一口新装的烟,依旧一脸是笑。

跃进停住了脚步,端端也停住了,因为跃进和端端同时想起来,李书记是许发旺的表哥。

"再……再想想办法吧。"端端疲惫地说。

十四

何跃进那夜失眠了。

何跃进平常天塌下来也照样睡,可是那个夜晚天并没有塌下来,天只是低低地悬在他的头顶,他却突然睡不着了。

这是一个青壮后生的第一次失眠经历。在以后的日子里,他还会多次遭遇失眠。那时他和失眠会如老夫老妻一样,在长年累月的磨合中产生一种相安无事的相处方式。可是那夜,他和失眠像是两个从未谋面的陌生人,猝然窄路相逢,被绑在了同一张床上,彼此揣摩提防,不知如何应对。他在床上贴饼子似的辗转了一夜,眼睁睁地看着房东家的糊窗纸从深黑变成浅灰,从浅灰变成蛋青,又从蛋青变成金黄。起床穿鞋子的时候,他发觉他一身的骨头都疼。

就是在那一刻，他突然明白了，其实，他从来就没有真的想在潘桥待下去。在这里地老天荒的话，不过是天黑得没有一条缝的时候，他说给自己，也给端端壮胆的。没有这样的大话，他和她都熬不过去那样没有指望的日子。如今天开了一条缝，虽然细得如同一根丝线，却叫他隐约看见了外边的景致，叫他猛然有了念想。念想是一根针，瞬间就把胆气扎瘪了，他再也不敢狂妄。他现在就是想逃，他一天也不想在潘桥待下去了。

他早饭也不吃，就出门去煤矿子弟学校找那个已经拿到了高考介绍信的同学，商量对策。他没有带端端去，是因为他知道端端已经经不起任何刺激了。

他走出村子不远，就听见身后响起一阵霍拉霍拉的脚步声。有人在跑路。回头一看，是许发旺的女儿立群。

立群跑得一头一脸是汗，远远的，就朝他扬着手里的一张纸说："端端姐让我给你的。"

那是一张仔细地叠成了一个方块的纸。他打开来，原来是一张写着他和端端名字的、盖着猩红印章的准考介绍信。

他怔住了。

"你爸怎么早一个主张晚一个主张？"他问立群。

立群用牙齿咬着指甲,茫然地摇了摇头。

"你端端姐呢?"

"生病了。"

"什么病?昨天还好好的。"他的声音开始露出焦急的毛尖。

"好像是肚子疼。"立群犹豫地说。

他拉了立群就要往回走,却被立群拦住了。

"端端姐说她睡一觉就好了,让你先去报名。"

他就去县里的招生办给自己和端端报上了名,又去县城的新华书店买了几本参考书,天就晚了。他连饭也来不及吃,只在街头的小摊上买了一个烧饼,就急急地往回赶。回到村里,家也没进,就直接去了许发旺家找端端。

许发旺家关着门。他敲了几下,没人答应。他把耳朵贴在门上听了听,里边鸡犬无声。他又重重地摇了几下门,才有人窸窸窣窣地出来。是许发旺的婆娘。

许发旺的婆娘披头散发,颧骨上有一块淤青。月光照在脸上,一半黑一半白,样子像社戏里的女鬼。何跃进吓了一跳,问:"婶子,你怎么啦?"

她笑笑,说:"没什么,干仗呗!哪家婆娘没和男人干过仗?"

他不知道怎么回答,就问:"端端好些没?"

许家婆娘站在门里，两只手撑得开开的搭在门框上，挡住了他的路。她朝屋里瞄了一眼，小声对他说："端端睡着了。女孩子的病，你一个后生，进来不方便。明天再说吧。"

他讪讪的，只好走。走了两步，回头一看，许家婆娘还站在门里望着他。

"婶子，你跟支书说一声，谢谢他给我们开了介绍信。"他对她说。

他听见她嘎地笑了一声。那声音像被石子射中的野鸭，暗夜里听起来有些瘆人。

"谢他做什么？一颗大印捏在他手里，就跟捏着他卵子似的，不到发情的时候死活还不肯掏出来。"她说。

他忍不住被她逗笑了。端端说过，许家婆娘粗是粗俗些，却是个好人。端端住在她家，毛蛋立群吃什么，她也吃什么，这个女人从来也没偏待过她。

那天晚上何跃进做了一个梦，梦见他和端端去县城赶考，路上要过一条河。河不宽，水却有点急。端端害怕，不敢过，他就背端端过河。开始的时候端端很重，背得他气喘吁吁。后来越背越轻，轻得就像一张纸。到了岸上他放下端端，才发现他背的不过是端端穿的衣裳，而端端人却不见了。

他在梦中喊哑了嗓子,惊醒过来,一身一脸的冷汗,心跳得一屋都听得见。觉得那梦有点凶,便怎么也睡不着了。一直醒到天快亮了,才又迷糊了过去。再一睁眼,日头已经在树梢上了。他脸也不洗牙也不刷,就噔噔地起床去找端端。

许发旺家开着门,孩子都上学去了,鸡鸭也喂饱了,不着急寻食,在院子里悠闲地散步。狗被日头晒软了,趴在晾衣架边上打盹儿。狗认得他,见了他也懒得叫唤,只睁了睁眼睛,就放他进了门。

端端的屋里,门开了个小缝。他怕端端还睡着,就放轻了脚步。从门缝里望进去,他看见屋里有人。许家婆娘坐在床沿上,手里端了个碗,在喂端端吃东西。许家婆娘的脊背像座肉山,挡住了他的视线,他看不清端端的脸,却隐隐听见端端说了声"不吃"。

"这是家里养了几年的老板鸭,不等过年,专门杀了给你吃的,里头煮了淮山、乌枣,还有夏天收的莲藕,大补的,你好歹吃一口。"

许家婆娘强喂了端端一口,端端就咳了起来。抠。抠。抠。抠抠。端端咳得惊天动地,天花板上沙沙地掉着渣子。

许家婆娘掏出兜里的一块手巾,好像是给端端擦脸,一边擦,一边叹气说:"天下没有过不去的坎儿,就当是你走路遭蛇咬了一口,将来你跟跃进去了城里,过城里人的日子,把这里一切都忘了,就当这事压根儿没发生过。"

"不要提他!"端端喊道。

端端的喊,更像是嚎,是狗被一块烧红的铁板烙着了尾巴的那种嚎。

许家婆娘把手巾拿回来,擦起了自己的眼睛。

"闺女,我知道你怕的是啥。其实,是有办法的。到了那天,你准备点鸡血鸭血,就是红药水也是好的,事完了在裤衩上床上抹一点,趁着黑,再多叫唤几声疼。从前我们乡下有姑娘家被人破了身,都是用这个法子瞒过了新郎官的。"

噌的一声,天上的日头抖了一抖,慢慢地朝地上歪下来。他撑着院墙站了半晌,才把满眼的金星抖落干净了。

他咚的一声踢开了房门,抓住许家婆娘的衣襟,一把把她揪了起来。许家婆娘徒有一个肥壮的身架,根本经不起他的抓提,一下子就散了架,手里的汤碗落到地上,裂成了几片,乌枣滚得满地都是,鸭汤在泥地上淌开来,淌成几条油黑的虫子。

"狗日的许发旺,你把他给我叫出来!"他喊道。

这是他平生第一次说粗话,可是这句粗话从他的喉咙他的舌尖滚出来,却是无比的熟稔妥帖,理直气壮。

"他……他不在。"许家婆娘哆哆嗦嗦地说。

"你敢给我撒谎,我一把火点了你家的院子你信不信?"那把捏在他掌心的衣服,已经紧成了一个湿湿的团。许家婆娘的头脸就在他的下颏底下,他一嘴啃下去,就能把她啃得满脸开花。

"他……真的不在……一大早……就去……去县城……给你们取……取复习资料去了。"

他扔开许家婆娘,扑过去找端端。床很小,端端缩在床尾,身子背着他。那天端端硬得像一块在风里吹了几个季节的木头,他扳了很久,才把她的身子扳过来,可是她怎么也不肯看他。才一天没见,端端就瘦得脱了形。端端的脸只剩下一层皮,端端的眼睛就是那张皮上掏出来的两个大孔,孔掏得太急,边角毛毛糙糙的割手。他把她的脸下狠劲搂过来,她躲不过他的眼睛,她就闭上了自己的眼睛,把他死死地关在了外边。

"端端,我们走。队里是他说了算,公社也是他的人,可是县上有知青办。这种事,是枪毙的罪。"他把她紧紧地抱在怀里。

扑通一声,许家婆娘跪在了他跟前。许家婆娘的脸近近地抵在他的膝盖上,头发和衣领上的油垢味熏得他差一点背过气去。

"他犯下的事毙他十回也不解你的气,可是端端呢?你想过端端吗?这事要是嚷嚷出去,端端的名声呢?你以为你一走就了事了,可是这里还有你们的同学,他们要是把这事传回北京城里,端端就一辈子也躲不得耳根清闲了。"

女人伏在他脚下嘤嘤地哭了起来,眼泪湿了他的鞋。他站起来,踹她。她像一团热水发的面,死死地黏在他的脚面上,踢蹬不开。

女人的哭声像一把尖刀,一下子挑断了他腿肚子上的筋,他突然就站立不稳了。轰的一声,他瘫坐在床上,床板吱吱哇哇地呻吟了起来。

"是我愿意的。"

他听见端端的声音从一个相隔了不知多少个光年的地方,远远地,冰冷地,传了过来。

"我要是不愿意,没人能强迫我。"她说。

十五

那天他是怎么样离开端端的,他一点也不记得了。直到天全黑了,他远远地听见了自行车的声响时,他才意识到,他其实已经在村口的那条小路边上坐了三顿饭的工夫了。

他一下子就听出了这是谁的自行车。崭新的二十八寸永久,全村唯一的一辆。粗硕的还带着毛刺的车胎在泥土和岩石混合的乡间小路上蹦跶,发出强悍霸道的呼喊。那是许发旺从公社要过来的指标。

他打出了他的那一拳。天很黑,无星也无月,他看不清他,看不清路边的树木,甚至看不清他自己的手。他只是凭着声音测出的距离出手的。那一拳打得非常准。他好像把他十九年里积攒的所有气力,都用在了这一拳上。他听见了骨头的碎裂声。那是他的手。还有另外一些他不知道是什么的东西也碎了。自行车上的那个人像一袋米那样沉闷地坠落到地上,很久没有声响。他有些害怕起来,他不知道那个人是不是死了。正当他想走过去探一探声息的时候,他突然听见了一声呻吟,一声漏风的、听起来像蛇蹿过草地的嘶嘶声般的呻吟。

"我知道你会……会来这一手的……其……其实……我上当了……她……她根本就不……不是……"

他朝那个米袋踹了一脚。他知道那一脚很狠,因为他的鞋子陷在米袋里,半天拔不出来。

嘶嘶声终于彻底消失了。

万籁俱寂。风睡了，鸡鸭猪狗已经归窝，连虫子也噤了声。可是他却听见了哗啦哗啦的巨响，如林涛震耳欲聋。

他明白了，那是他的血。他的血在他的身体里排山倒海般地翻腾，拍打着他十九岁的骨头十九岁的肌肉，拍得他遍体鳞伤。

痛快啊，他这一辈子，从来也没有这样痛快过。他只想扯裂了嗓子嗥叫一声，像山里饿了一个冬天的狼那样，可是他最终一言不发地走了。

第二天，潘桥村的人发现他们的支书少了两颗门牙，走路两手扶腰，一拐一瘸。而那个叫何跃进的北京娃，手上裹了一层厚厚的纱布。

两个人都不肯说到底发生了什么事。

十六

"你是说，你和你那位一紧张就口吃的丈夫，是通过诗认识的？"

黑皮肤的移民官身子前倾，饶有兴趣地看着梅龄，手里的圆珠笔不停地转动着，在笔记本上落下一个又一个芝麻点。大厅里的时钟当当地敲过了中午十二点，他的同事们都收拾了文件关上窗口去吃午餐了，可是他没走，他在屏息等候着一个不同寻常的故事，午餐的诱惑在好奇心面前败北。

移民官在这张凳子上坐了几十年，也听了几十年的故事。战乱中离散的情人，饥荒里逃难的伴侣，灰姑娘穿着水晶鞋找到了白马王子，金融富豪和洗衣女工在一次旅行中奇遇……每一对想在他手里领取一纸通过婚姻获取的永久居留证的男女，都会给他讲一个惊心动魄的恋爱故事。日子久了，那些故事就像虫子一样，钻进他的身子他的心，慢慢地潜伏沉淀下来。年复一年，日复一日，他的身子就叫这些故事给撑得松弛了，他的心也被磨出厚厚一层老茧，什么样的故事，也没法在那样的茧皮上扎出洞眼。

可是今天他隐隐感觉到他的心在层层茧皮之下扯了一扯，当那个叫梅龄的中国女人提到了诗的时候。做一个诗人，最好是一路流浪的行吟诗人，是他人生的第一个梦想。当然，这是在他成为移民官之前很多年的事。至今他的公文包里还藏着两本封皮已经磨烂了的诗集，一本是沃尔特·惠特曼的，另一本是艾米莉·狄金森的。这个梦想像是一棵先天不足的树苗，没有能够承受住两个前妻四个孩子的生活重压。树虽然夭折了，但是留在心头的那个树桩子一不小心碰着了，还有隐隐一丝的疼。他喜欢这样的疼，疼让他觉得他还活着。

何跃进的心提到了喉咙口。这是一场他没有参与筹谋的战役，他只是被抓了过来观战。他其实是有他自己的棋法他自己的谋略的，只是临到了战场，他才发现他的棋盘被临时撤换了，他已经丢失了他的兵马。唯一不变的是赌注，那是他自己。这是一场必输无疑的战役，他只能眼睁睁地看着自己一步一步地被逼上绝路。

"那得看你怎么定义认识。如果是见面那样的认识，不，我们根本就不是通过诗来认识的。如果你是指了解那样的认识，那你就猜对了，我是通过我丈夫写的诗来了解他这个人的。"

一年零六个月。一年零六个月的时间，这个女人就把英文练到了这个份上。何跃进想起从前不知在哪儿读过的一本书，说人的小脑里有一个掌管语言能力的指挥中心。如果他把梅龄和他的脑袋都割下来，取出脑瓜瓢子，那她的小脑一定是个小西瓜，而他的充其量不过是颗大芝麻。

"一直到结婚以后的一段时间里，其实我都不了解我丈夫。"她说。

何跃进闭上了眼睛，不敢看移民官的表情。他的胸前搁着一把尖刀，他的身后是万丈深渊。进和退都是死。他现在需要考虑的是哪一种死法能少一些苦楚。

他抠抠地咳嗽了起来。

"尊敬的移民官先生,我想告诉你事情的真相。"

他听见自己的声音在被紧张挤扁了的喉咙里颤颤地蠕爬出来。

就这样死了算了,省得被人一刀一刀地凌迟。

"不要那么着急,小伙子。我知道你不再年轻了,可是你到了我这个岁数,你也会管所有的人叫小伙子。一个好故事,哪能还没听到开头就跳到结尾去了呢?结尾不就那么几种吗?或者好,或者坏,或者不好不坏。对不对?开头和过程才是最精彩的,具备无数的可能性。你还是耐心一点,让你太太把那个跟诗有关的故事好好讲一遍,就算是哄我这个老头子开心,好不好?"

移民官丢给梅龄一个眼神,那眼神里全是鼓励。而梅龄也丢给何跃进一个眼神,她的眼神里带着微微一丝嘲讽,仿佛在说:"你不是说你挂彩了吗?那你就下去吧,现在轮到我了。"

"事情的真相是,我真正开始了解我的丈夫,是我们结婚几个月,我来到他身边以后。"梅龄对移民官说。

十七

梅龄找到了一份工作。

其实更确切的说法是，何跃进帮梅龄找到了一份工作。

梅龄没有永久居留身份也没有工作许可，她不能合法受雇。可是她在家里待得很是腻味，一直催着跃进帮她找件事做。于是他只好通过一个熟人，给她在一个私人会计师事务所找了一个秘书的差使，虽然是最低工资，却用现金支付，不用上税。

拿到第一个月工资的那天，梅龄去多伦多城里最大的那家华人超市买了一堆食品，回家就有些晚了。刚一进门，一股浓郁的烟味迎面扑来，差点把她熏得背过气去。跃进坐在沙发上，正从烟盒里抽出一支新烟，按在一支抽到了头的烟屁股上点火。桌子上的烟灰缸里已经躺了满满一缸的烟蒂。她从来没见他这样抽过烟，就问了一声"怎么了"，她知道这不是她该问的话，她只是忍不住。

他长长地吸了一口烟，却不说话。她仿佛看见他把肺憋成了一张纸，两叶紧紧相贴，就是为了给烟腾地盘。烟顺着他的舌尖喉咙慢慢钻下去，把那两叶肺片撑成一个饱胀的牛皮口袋，再一丝一丝地从他的鼻孔里钻出来，钻得歪歪扭扭，不情不愿。她在他这里生活了几个月了，大致知道他的性情。他的口是万仞山岩做的城门，想开的时候，就自己开了，不想开的时候，兵马枪炮都不管用。

"饿吗?"她放下手里的食品袋,清理了桌上的烟灰缸。

他摇头。

"晚上想吃什么?我买了活鱼,是青斑。"

他茫然地看了她一眼,仿佛她讲的是某一种他所不熟悉的外国话。她又问了一遍,他才说:"随便。"那两个字没经过他的心就直接从他的嘴里溜了出来,没根没基地轻飘绵软。

她系上围裙进了厨房,忍不住探出头来说:"别抽了,那东西没什么好。"

她就是管不住自己的嘴,说完了,忍不住觉得好笑,若是有一个旁不相干的人在场,一定会以为他们是结婚多年的老夫妻。

等她把四菜一汤的晚餐做好端到桌子上的时候,他已经歪在沙发上睡着了。他看上去很累,手脚大大地摊开,像是被猎人射伤的大鹏鸟,眉心蹙成一个曲里拐弯的结。刚刚清理过的烟灰缸里,又躺了两个新烟蒂,一个死透了,一个还苟延残喘地吐着最后一口气。烟灰缸边上,有一张写满字又揉成了一团的餐巾纸。她还没把纸团打开来的时候就已经知道,这是他写的诗。她在家里的很多个角落里都找到过这样的纸团:厕所的垃圾桶里,沙发靠垫的夹缝中,床垫下面的墙角里……他写完了就扔,有时写了一半写不下去了也扔,有时他忘了扔,就把这些纸片当成了临时书签、一次性茶杯垫,或是酱油瓶子底下的那层衬纸。

致 D. D.

  别相信清水芙蓉的谎言
  那是男人的信口雌黄
  树长得越高,离太阳越近
  根就扎得越深越暗
  花儿可以有一万种颜色
  每一种,都来自污泥
  那个夏天,还有那个冬天的故事
  你忘了也挺好
  就是记得,也无妨
  就像任何一个夏天和冬天一样
  其实,都不过是
  你栖身的土壤

  她完全不懂诗。他是她这一辈子遇见的第一个会写诗的人。在她的印象中,诗人应该是那种留着长头发,总也不洗澡，奇装异服、喜怒无常、出口成章、口若悬河的人。可是他完全不是。她不知道他的诗写得好还是不好，但她知道，这是他藏在万仞山岩一样厚实的心门里边的话。这些话，他是一辈子也不会说给别人听的。这些话，他兴许就带进棺材带进坟墓和他一起化成灰化成烟的。可是，她偏偏闯进了他的屋檐下，她撞见了他的私密。她既然撞见了他的私密，他的心事就在她的心里有了份。她看他就再也不能是从前那样的懵懂和混沌了。

她发现沙发旁边的地板上扔了一封信，是那种贴着蓝色标签的国际航空信，寄信人和收信人的地址都是用粗蓝墨水写的。她已经多年没看见这样手写的通过邮局寄送的信件了。信封开着一个大口，信肉露出半个充满了诱惑的赤裸胴体，她忍不住把信抽了出来。

写信人的笔迹歪歪扭扭，却一笔一画很是认真。

跃进大哥：

　　你给我爸爸的信走了好多地方，转了大半年才转到我的手里。我现在住在浙江义乌，和我丈夫在那里做小生意。

　　三十多年没见面了，收到你的信我很激动。我爸爸早就去世了，是脑溢血。我妈妈身体一直很好，去年冬天突然发了心脏病，走得很突然，但没一点痛苦。我爸我妈在世的时候，常念叨你，说不知道何跃进怎么样了，日子过得好不好。

端端姐走了这么多年了，我还会想起她。她的墓地已经拆迁了。政府三年前征地盖宾馆，发了好几封信通知善后安置的事，可是一直没有找到端端姐的家人。端端姐的父母都不在了，也没有兄弟姐妹。村里给你原来的单位写过信，那边回信说你出国了，不知去了哪里，就断了线索。后来是我妈把端端姐认领回来，埋在了村口的那棵大树下。我妈说从前你们在潘桥的时候，端端姐爱在那棵树下晒太阳。端端姐体力差，做不动农活儿，累了就在那里休息。我妈说总有一天你会来找端端姐的，果然你的信就来了。哪天你回国，提前告诉我，我带你一起回去看端端姐。

许立群

沙发上的那个人突然咳嗽了一声，梅龄赶紧把信放了回去。

她站在沙发边上看着他。他睡得很不安生，脑门一蹦一蹦的，仿佛里头有无数个梦正千军万马地厮杀突围。她突然很想伸出手来，解开他眉心那个乱线团一样的结。可是她忍住了。她即使偷看过了他所有的诗，知道了他本该带到坟墓里的话，她依旧不是他山岩一样结实的城堡里边的主人。她不知道有哪一把钥匙能打得开他的城门。

她轻轻地摇醒了他，说："饭菜凉了。"

他睡过了一小会儿，脸色好一些了，站起来打开窗子，说："对不起，刚才熏着你了。"

她打开一瓶葡萄酒，给他和自己都斟了满满一杯。

"我本来是想请你到外边吃一顿饭的，可是在外边不能喝酒，你还得开车，所以就买点菜在家里吃吧，还是家里吃得痛快。"

他不等她劝，就咕咚一口喝了大半杯酒，还没放下酒杯脸就已经红了，脖子里爬上了一条条蚯蚓。

"发工资了？"他问她。

她点头。

"省着点不好吗，非得这样花？"他说。

"这些日子都是你一个人在开销。"她也举起杯来和他轻轻一碰，却面有愧色。

他呼噜呼噜地喝了几口汤。现在他终于习惯了在她面前神情自若地大口喝汤。

"我明天下午才有课,你上午打个电话跟老板请两小时假,我带你去道明银行开一个新账户,单存你的工资。"

"还开吗?我已经有一个账户了。"她疑惑地问。

他白了她一眼,半响才说:"那是你自己的账户吗?郑阿龙知道所有的信息。你再开一个,谁也不告诉。将来你嫁不嫁给他,都得有几个私房钱。"

她觉得她嘴里的那口汤突然堵塞在了喉咙口,上不去,也下不来,化成了眼里一层薄雾。她一动也不敢动。她知道她只要略微一呼气一眨眼,那东西就要破裂开来变成清水,流下她的脸颊。这本是她母亲该告诉她的话,可是她已经没有母亲了。一个不是她丈夫的男人,说出了母亲该说的话。

她端着汤碗静坐了一会儿,等到把那层薄雾渐渐坐干了,才若无其事地问:"那个端端,是什么人?"

十八

通往黎明的火车轰鸣地驰来

我跳上去

却把你落在了站台

都市越来越近

你越来越小

最终化为一粒尘埃

你举着一朵满是破绽的微笑

送我远行

我看着花儿在我眼前凋零

我对你说

还会有的

还会有火车,载你离开暗夜

不要灰心

我不知道,我真不知道啊

我才是你唯一的火车,唯一的黎明

其实,你已经千百次地跟我说过

只是,我那时的耳朵,年轻的耳朵啊

还没有学会解读沉默

那个冬季,跃进和端端在大队粮食仓库边上的一间小空房里开始复习备考。那时离高考只有一个月的时间了。端端精神很难集中,看一小会儿书就要打瞌睡。跃进在她身边摆了一盆凉水,强迫她每半个小时洗一把脸。

考场上,端端每一张卷子都只写了一半;当然她没有告诉跃进。初试发榜的时候，端端毫无悬念地落榜了。她如释重负，因为她躲过了政审这一关。

跃进顺利通过复试、政审、体检，以徐州地区第一名的成绩，被北京某所著名的大学录取，端端一路送他去徐州火车站。那天是个大晴天，虽然有些风，但是风已经失去了尖锐的棱角。街边的树木仿佛一夜之间肥了一圈，那是新芽在旧木底下的骚动。脚下踩着的土地还是硬的，但是硬得多少有些虚张声势了，因为冻土底下已经潜伏着蠢蠢欲动的春意。

"别灰心，端端，我到了北京马上去打听你妈妈的消息。我妈说了，单位的新领导班子对你家的事情还是很同情的。"他对端端说，"我到学校报了到，马上就去书店买最新的复习资料给你寄过来。明年，明年你就可以考回北京了。"

端端听了只是微笑。

那天端端穿了一件洋红色的新棉袄罩衫，额头上湿湿的都是汗。过年时跃进在矿区的集市上看见了这件衣服，只觉得那片红跟街上常见的红不太一样，红也是红，却不张扬，含蓄，吞吐，正合端端的脾性。他心里欢喜，就给她买了下来。这是他送给她的唯一一件礼物。那红穿在端端身上，随着汗水一路漾上来，给端端的脸颊染上薄薄一层胭脂。当然，那时他还不知道，那丝微笑那块红晕，将会成为端端留给他的最后记忆。

当跃进坐在北上的火车里目光炯炯地想象着崭新的校园生活时，端端的母亲刚从秦城监狱出来。她还来不及回家，就直接坐车到邮电局，给端端发了个电报。这是那个年代里一个心急的母亲和一个久别的女儿之间最快的一种通讯方式。她发完电报，走出邮电局的大门，突然被街上刀一样尖锐的阳光刺伤。她已经很多年没见过这样的阳光了。她的眼睛流出了泪水，视野里飘满了旋转的金花。她用手遮着眼睛，身子一软，晕倒在街上。一辆来不及刹车的解放牌载重卡车从她身上碾了过去，把她碾成了一层肉饼。后来是街警叫来铲车，把她一点一点从路面上铲下来的。

端端在同一天里接到了两封电报：一封是关于她母亲平反昭雪的消息的，一封是关于她母亲的死讯的。

端端回了趟北京办母亲的丧事。她没有去看望已经入学的跃进，而是独自回到了潘桥收拾自己的行装。大队和公社都听说了她的事，一路绿灯地办妥了她回城的放行手续。可是最终端端没有走成。

就在端端回城的前一天，她最后一次去了微山湖。几个打鱼的人看见她在岸边呆呆地坐了很久。大家都以为这是她对一段和她本不相属的生活的告别方式，虽然有些矫情，但对读过书的北京女娃来说，也没什么值得大惊小怪。

当时没有人想到，这是端端对整个世界的告别仪式。

端端是在那天傍晚跳下湖去的。

端端只是累了，再也没有什么东西能托得动她的疲乏了。她只想找一个地方，永远地、安恬地、不受打扰地睡去。

十九

"你是说，你爱上了你的丈夫，是因为他为另外一个女人写了一辈子的诗？"移民官从手纸盒里扯出一张纸，擦了擦他蒙着薄薄一层雾气的眼镜。

梅龄想说"是的"，也想说"不是的"，可是她觉得此刻无论是"是的"还是"不是的"，都离她想说的意思相去很远。第二语言的障碍像一块猝然出现在拐弯处的岩石，向她发起了突袭式的狙击。她毫无准备地张口结舌了。

"你丈夫为另一个女人保留了几十年的记忆，你难道不为此嫉妒吗？"

"我还年轻，我还有很长的日子可以在他心里打造属于我自己的记忆。"

岩石闪开了，她突然找回了自己的舌头。

移民官重新戴上终于擦干净了的眼镜，把脸转向了何跃进。

"黑先生，你太太的故事，真叫我吃惊。不过，到目前为止，我听到的只是她的版本，现在轮到你了，小伙子，告诉我，你是怎么爱上你太太的？"

跃进的嘴唇轻轻地颤了一颤，却没有颤出声音。她编织的情绪太逼真了，他几乎不敢在她的剧情里添上一声略嫌粗大的呼吸，怕一不小心打乱了她的节奏她的表情。在她的戏剧里，他不是配角，甚至不是龙套。他只是一个开场的锣鼓响起来时被临时抓上台来的替补，对剧情一无所知，听任着她把一幕一幕的惊奇劈头盖脸地朝他掼来，叫他目瞪口呆，毫无招架之力。

"怎么？又犯紧张症了？"

移民官看了看手表：十二点十五分。

这时他感到他的掌心又有一条虫子痒痒地爬过，那是她的指头在他的手掌上画的第二个圆圈。他听懂了她的话。她在对他说："都什么时候了？你只有孤注一掷，豁出去了，你！"

他吼吼地清了清嗓子，闭着眼睛，像条狗似的冲上去，一口叼起了她扔给他的指令。

"移民官先生,你该知道,通过介绍认识的夫妻,刚开始的时候都没有什么感觉。我五十多岁了,需要一个妻子,我们经人介绍认识了,结婚了,就这么简单。爱情是小年轻的事。可是一直到她来了,我才看到,她是这么一个死心眼的人。我没想到这个世道还会有人相信一诺千金。我觉得她是世界上最最愚蠢的女人。可是,我后来爱上了她,也正是因为她的愚蠢。"

他听见自己干涩而艰难的声音砂纸一样地磨过他的喉咙。

二十

那天他们和平常一样地吃晚饭,她做了三菜一汤。吃饭期间,她说了几句会计师事务所的闲话,他也讲了点学校里的琐事。他看得出她明显心不在焉。他知道她在等电话。

吃过晚饭,收拾完碗筷,他在饭桌上坐下来批改学生的作业,她进了她自己的房间。作业是暑期班学生的,几十份,堆得山一样高。天很热,窗式空调在声嘶力竭地呐喊,所有的墙板和地板都被那台老爷马达牵扯得微微发颤。他踢掉拖鞋,把光脚搁在略显滑腻的地板上,脚心被地板的震颤蹭得酥麻生痒。她的屋里没有空调,她半开着房门借用着客厅的冷气。他不知怎么的也有些心神不宁,学生作业本上的字像蜉蝣在他视线里游来游去,游了多少圈也不肯落在一个点上。在眼角的余光里,他看见她端着一杯凉茶在屋里走过来走过去。时钟已经指向十一点五十二分,电话机仍旧不解风情地沉默着,他心里泛上一股隐隐的幸灾乐祸的快感。

他起身开了冰箱,拿出两瓶冰镇啤酒,来敲她本来就没关严的门。她请他进来。自从她搬进来以后,他极少进她的屋。她的房间现在已经完全不是他住的时候的样子了,从浅紫色的床罩,到梳妆台上摆的那瓶塑料丁香,到窗帘上的那两个白布结子,到处都彰显着她的印记。连空气里飞扬的那几粒轻尘,都已经沾染了她洗发水的味道。恍惚之间,他觉得自己走错了门。

他注意到她的电脑屏幕是黑的。那只时刻闪烁着的窥视眼睛,此刻严严实实地闭上了。

"别等了,睡吧,明天还要上班。"他把啤酒递给她,却没有看她。他不忍看见她眼睛里流溢出来的那丝失望。

"等什么啊?我什么也没等。"她像一个当场被擒住的窃贼,声气里有一种虚张声势的慌张。

他想说别嘴硬了,最终还是忍住了。他从衬衫口袋里掏出一个小信封递给她。这个信封已经在他的口袋里装了一整天，他的身体已经把它磨出了泛着潮气的毛边。早上出门的时候他就想好了，如果她在午夜之前没有接到那通电话，他就把这个信封交给她。如果电话来了，他就把信封撕了。今天一天这个信封隔着一层薄薄的衬衫伸出一条条毛刺，骚扰得他心神不安。他希望它能落到她手里，又希望它永不见天日。两种希望来回厮杀，难决胜负。他一遍又一遍地嘲笑着自己的无聊，却一遍又一遍地陷在无聊的泥淖之中无法脱身。

现在，他终于把这个信封递到她手里了，一个希望杀死了另一个希望，他突然感觉如释重负，一身轻松。

她打开那个信封，是一张五百加元的支票。

"我不知道你喜欢什么，不如你拿着这个，买点你自己喜欢的东西，免得浪费。"

他的声音平实呆板，没有任何高低起伏，仿佛是在进行一场锻炼记忆的课文背诵。这完全不是他想说的话，其实他想说的是生日快乐，可是这四个字像是长了毛边，磕磕绊绊的，始终没有从肚子走到舌尖。

她略略有些吃惊，问他："你怎么记住了我的生日？"

"我的一个舅舅在唐山当兵，就是那一天，他死在地震中。"他说。

她不知说什么好,他也不知道。他端着他的啤酒回到他的桌子旁,继续批改他的作业。过了一会儿,他听见一阵窸窸窣窣、拖鞋擦着地板的声响。她从屋里走出来,坐到他身边。

"改得怎么样了?"她问。

"差不多了。"他说。

"我可以陪你坐一会儿吗?"

她安静地坐着他边上,一小口一小口地啜着啤酒,仿佛那是一瓶辣椒油。她穿的那件无袖蓝花睡衣,像一朵在日光暧昧的午后出现的云彩,不停地向他的视线推涌过来,遮得作业本上的字迹影影绰绰。

"算了,明天早点起床吧。"他起身,把作业本收拢起来。

他轻轻地碰了一下她的瓶子,然后把残留的啤酒一饮而尽。

"怎么啦?关键时候反而忘了?"他语气轻松地问道。

"他忙,有很多事,也有很多人……"她嚅嚅地说。

"以后你会嫁给他吗?"他知道他不该问这句话,可是今晚他的嘴巴不听他脑子的使唤。

她沉默了很久,才摇了摇头。他以为这是不会的意思,谁知她紧跟着说了一句:"我也不知道。"

"郑阿龙有两个前妻,三个儿子,大儿子得了小儿麻痹症,坐轮椅。"她说。

他吃了一惊。

"你……为……为什么……"他的脑子和嘴巴厮杀了一会儿,脑子最终占了上风,紧紧咬住了那后半截话不让出口。

她扑哧一笑,说:"这话你在中国的时候就问过了。"

"我问过吗,那时候?"他茫然地说。

"你问过,在我们第二次见面游园的时候。"

"是吗?"他对一年前的中国之旅已经惘然,仿佛那是前世发生的事,与今生隔着不可逾越的记忆鸿沟。

"那时我没回答你,是因为这个答案太危险。郑阿龙的钱来得不是正路,他时时刻刻提心吊胆。他想找一个他完全信得过的人,把钱带到国外去。"

他沉默半响,才问她:"你知道洗黑钱在这里是什么罪吗?"

"我答应他的时候还不知道。"

"你现在知道了,还敢吗?"

"他说世界上每天都有人在干这样的事,被捉住的毕竟是少数。"

"如果你就是那个少数呢?"

她低头咬着指甲，嘎吱，嘎吱，像老鼠啮咬木板，半晌才说："我答应了他的事，我就得做到。"

"一万块钱的医疗费，一居室的新居，他用这样的贱价，物色了一个可以为他赴汤蹈火的炮灰。"他冷冷地说。

她站起来，把瓶子往桌子上重重一放。啤酒溅了出来，在桌面上淌成几条浊黄的虫子。

"他为我妈付住院费的时候，连我是谁都不知道！"

他发现一股潮红从她的嘴角生出，渐渐爬上脸颊和额头。这是一种他不熟悉的表情，过了一会儿，他才意识到，这是她的愤怒。

他的脸上也有一股东西涌上来，他知道是酒气，又不完全是酒气。

"他要真像你说的那么在意你，他会让你一个人跑到这里，三年五年嫁不得人，生不得孩子，保不定哪一刻就被移民局、国税局、安全局抓住，投在监狱里？他要真是那么爱你，他怎么会把你扔在一个陌生男人家里，他就不怕那个男人糟践了你？他就不怕你勾搭了那个男人？他凭什么吃定了我就是那么一个正经好人？他又凭什么吃定了你就不是一个水性杨花的荡妇？"

轰的一声，他的嘴巴他的手对他的脑子发起了突然狙击，他的脑子猝不及防，分崩离析，眼睁睁地看着他的嘴巴吐出毒蛇一样的恶言,他的手蟹钳似的抓住了她裸露在睡衣之外的肩膀。

她脸上的红晕像潮汐一样退了下去,露出底下一片贫瘠嶙峋的灰白。她的骨头在他的手中发出吱嘎吱嘎的声响,仿佛随时要在他的铁钳里化成一摊碎渣。她缩了一下身子,突然弓起腰,将肘子尖刀似的往他心口一捅,他哎哟一声松了手。

她飞快地跑回自己的房间,嘭的一声撞上了门。

他听见门里边爆发出一阵惊天动地的嚎啕。

二十一

"你的意思是,你是因为你妻子坚守了一个与你无关的承诺,你才爱上她的?"移民官问跃进。

"尊敬的移民官先生,我不是上帝,我们相识的时候,我还无法判断我的妻子是不是可以信守和我白头偕老的诺言。可是我看到她为一个在我看来并不十分重要的承诺,可以承受那么大的委屈,我突然明白,她一定会信守对我的承诺。那个与我无关的承诺,是我的镜子,让我照见了她的品质。"

"你的理论很奇怪,可是不知为什么,我还是忍不住被它吸引。你能不能跟我讲一讲，那个与你无关的承诺，是个什么样的承诺？我有种预感，这个承诺，让你和你的妻子都付出了沉重的代价，是不是这样？"

"当然可以……"

他感到她的指头在他的手心又画了一个圆圈。这个圆圈不再是温婉的暗示和提醒，这是一道用指甲挖出来的壕沟，带着铁镐般深刻的掘痕。他疼得嘶了一声。

他松开她的手，带着狭促的笑意，朝她看了一眼，仿佛在说："哦，你也有害怕的时候？"

"移民官先生，你应该看出来了，我们家里我不是唯一一个害紧张症的人，我太太其实也有紧张的时候，比如现在。"

他把她正正地推到了移民官跟前。

"我想她不太愿意我讲出这个具有太多隐私内容的承诺，我们是不是先放她一马？"

他突然发觉他的口舌在干涩了一个上午之后，如莲花猝然开放，上面布满巧思的露珠。

移民官爆发出一阵惊天动地的大笑，震得玻璃窗嘤嘤嗡嗡地颤抖。

"你们俩是我见到过的最具有幽默感的夫妻，你们的故事是我听到过的最真实的故事。我还有很多的问题要问，不过我的胃不允许,我已经很饿了,相信你们也一样。我祝愿你们在这片祥和的土地上白头偕老。你们的孩子,最好能成为另一个诗人,我是指真正的诗人!"

他拿起一枚大印,在一份文件上啪啪地盖上了两个猩红的印章。

"梅龄女士,恭喜你成为加拿大最新的一位移民!"

二十二

"今天晚上你想吃什么?"梅龄问。

何跃进坐在沙发上,手里捏着一柄遥控器,一轮又一轮地转换着电视频道。五颜六色的屏幕走马灯一样地旋转,梅龄感觉眩晕,便用手遮住了眼睛。

她知道他还在生她的气,为今天在移民局的事。

"你想用这张黑脸来庆贺第一个恢复自由的日子吗?"她轻轻地笑了。

"你告诉我你还有什么不敢做的事?"他吱扭一声关了电视,依旧脸色铁青。

"我是应该事先和你商量,可是我要是商量了,你就会紧张。我们原先的那些回答都排练得太过了,反而容易看出破绽。我就是想自发一点,让他感觉真实。"

他玩弄着手里的遥控器，没有吱声。

"最重要的是，我们已经拿到了那张纸。"她嚅嚅地说。

"为达目的不择手段，这也是郑阿龙教你的?"他冷冷地说。

他知道他的话是一把尖刀，一下子剔掉了那个女人的脊梁骨，她在他眼前瞬间瘫矮了下去。

他听见女人沉默地走进了厨房，叮叮咣咣地切菜做饭。

这顿饭吃得很简单，是两个剩菜加上一碗新汤。女人显然已经丢失了庆贺的兴致。

放下饭碗，一阵睡意排山倒海似的朝他袭来。那是挑着担子走了几十里路之后的疲乏。挑着担子的时候虽然也感到疲乏，但那是奔着目的地去的警醒的疲乏，而放下担子之后的疲乏，却是另外一种疲乏，一种没了目的茫然无措的疲乏。警醒的疲乏是撑得下去的疲乏，而茫然的疲乏是撑不下去的疲乏。他一挨上沙发，就头重脚轻地栽进了深渊般的沉睡。

他不知道自己到底睡了多久，醒来时屋里一片黑暗。等到眼睛慢慢适应了，他才知道这黑暗原来也有破绽。窗帘的缝隙里透进一丝朦胧的光，家具怪兽一样地从各个角落里伸出凶吉未卜的头角。不远处，有一个红点在忽明忽暗地闪烁着。过了一会儿，他才明白过来，那是有人在抽烟。

他吃了一惊，想点灯，一只手从黑暗中伸过来，准确无误地按住了他的胳膊。

"不要。"她说。

他的鼻子湿湿蠕蠕地爬进一条虫子。那是洗发水的味道。她的洗发水闻起来像割草机刚刚走过的青草地，他恍惚间感觉进入了另一个季节。

他伸出手来，摸黑拽住了她的手，抹下她指间的那根烟，塞到自己嘴里吸了一口。烟尾上有她的口水沾染过的潮气，是一丝介乎酸和甜之间的腐味。

"别抽了，不适合你。"他悠悠地吐出一个圆圈。

"凭什么？"她摸索着从他的手里把烟夺回来，塞进自己嘴里。于是，两个人你一口我一口，把一根烟抽到了尾。他和她吐出来的烟雾在黑暗中推来搡去地斗了一会儿法，终于渐渐融汇成了一体。

"其实，今天在移民局说的不都是谎话，除了那一件……"她打破了沉默。

"是童贞女怀胎的事吧？"他说。

两人一起哈哈大笑了起来。笑声把浓腻的黑暗凿破了,洞眼里流出几丝相知和默契,空气开始变得轻薄飘逸起来。

她扔掉了烟蒂,朝他俯下身来。他感觉有一团沉重的火球压在了他的胸前。那是她滚烫的脸。那火球嘭的一声,在他心里炸开了一个大窟窿。他的手被炸得飞了起来,远离他的身子他的脑子,径自钻进了她的睡衣,很快他就丢失了十个手指,因为它们一个一个地熔化在了她滚烫的肌肤里。

她的指头依旧健在,而且警醒,只是有些疏于操练。她的指头在他的身上忐忑不安地开始了试探。他的身体本该引领她的手的,但是她很快发觉他的身体比她的指头还不识路。她知道她不能指望他了,她只好自己开辟自己的路。路是荒路,每一个路口每一处拐弯都长满了青苔和蒺藜。她走得很辛苦。他也是。

后来她坐起来,从他的衣兜里掏出烟盒,点了一根烟,慢条斯理地抽了起来。

她真是一个聪明过人的女人,学什么都学得那样传神。他暗暗地想。

"这是你的第一次吗?"她慢悠悠地问。

他没有回答。他的身子在黑暗中闪着隐隐一层鱼鳞一样的青光,那是浮在他肌肤上的汗。

"你真的为梅端端守了一辈子?"

他啪的一声捻亮了沙发边上的落地灯。雪白的光亮刀一样地割过来,他和她同时闭上了眼睛。一场极为艰难生涩的谈话,就这样被正合时宜的光明腰斩。

她回到自己的房间,轻轻地带上房门。片刻的安静之后,他听见一些窸窸窣窣的声响从她房门的缝隙里渗出,一路漏到客厅。声音很陌生,他暂时无法断定到底是什么。他觉得有一些毛烘烘的东西,随着呼吸随着血液在他五脏六腑游走,拱得他心神不宁。他忍不住站起来,朝她走过去。

推开门,他看见她正在把衣柜里的衣服一件一件地收拾到她的旅行箱里。他突然想起她很早就和他说过,一领到永久居留证她就要搬走。他盼这一天盼了很久了,可当这一天真的来临时,他却毫无防备地被击倒了。他靠在门上,肚子在发出唧唧咕咕的声响,那是他想说的话在肚腹里排着队翻滚着要涌上他的喉咙。话太多,喉咙太小,挤来挤去,最后挤出来的,是一句最轻的话。

"你给……打过电话了吗?"

"给谁?"她抬起头来,看了他一眼,明知故问。

他语塞。他看着她把衣服从衣架上拿下来,叠成一个个边角齐整的方块,摆放在床上,然后再按照形状厚薄的次序，一一放进箱子里。她做这些事的时候，有条理得像一个常年生活在军营的人。

"你可以不走吗？"他迟疑地问。

"移民局枫叶卡寄到的时候，麻烦你把邮件转到我的新地址。"她说。

他从衬衫口袋里掏出一张纸，递给她，说："这个给你，你说过，你喜欢诗。"

这还是一张餐巾纸，但很干净，没有咖啡和饭菜的汁印，也没有烟头留下的焦痕，上面是一首诗，是破天荒的、经过转抄而变得工工整整的一首诗：

　　也许，所有的牺牲都铺陈开来
　　也不能抵达理想
　　也许，所有的思念都缀连起来
　　也不能织成一片相守
　　也许，所有标点符号通到太平洋
　　也不能通向一个圆满的句号
　　但是总会有鸟儿的啁啾
　　切断一个漫长的黑夜
　　心儿不敢奢想春天
　　可是，给我一阵风，一片云

哪怕一道闪电

让我知道

生命中除了冬天

还有别的季节

她看完了,沉默不语,可是她的身体却渐渐矮了下去。她蹲到墙角,双手捧着脸,肩膀颤抖了起来。

他揽过她来,把她按在他的胸口。他和她已经在一片屋檐下相处了一年零六个月,他们一起吃饭,一起上班,从同一个碗里舀过无数勺汤,在同一个浴缸里洗过无数次身体,可是没有用,他们依旧是彻彻底底的陌生人。刚才,就是刚才,在沙发上,短短的几分钟里,他们突然就知心知肺了。心若没有穿越躯体的缺口,心就永远是层层包裹、遥遥相望的两个星球,只经过了那一回的荒疏,他对她的身体就熟稔了。他感觉她身上的每一处凹凸,都和他的严丝合缝。他紧紧地搂着她,可是他知道,即使他把她嵌进他的肉里,也还是留不住她。

"我在移民局说的,也还不是真话。"她哽咽着说,"其实,第一回见面我就喜欢你了。你记得吗,一屋的人,都让我摆这个姿势那个姿势和你拍照,只有你说让我消消停停地吃口饭行不,所有的人都怕郑阿龙,只有你不怕他。"

"梅龄,求你别离开我。"

这是他肚腹中一千一万句话里排在最前面的一句,可是这句话太重,太厚,始终挤不出他的喉咙。

二十三

梅龄走后,很长时间里他都没有她的信息。他给她打过几次电话,她没接,也没回。

过春节的时候,他接到了她寄过来的一个邮包,是他的诗。当然不是那一叠乱纸。那些沾着污手印、咖啡迹、菜汁的废纸,已经被她一张一张地熨平了,装帧成了一本书,封面上写着:何跃进诗集,梅龄编辑。

她的地址是个陌生的地址,于是他知道她还在多伦多,但是又搬过了家。

半年后,有一天下班,他非常意外地看见她在停车场等他。

她终于出现了。他想。她终于要跟他提办离婚手续的事了。

她穿了一件厚厚的风衣,灰底黑格子,样式老旧。她显得消瘦憔悴,两颊布满了褐色的斑点。他一眼就看见了她窄小的风衣里明显鼓起的小腹。

"郑阿龙来了?"他问。

她扑哧一声笑了。她笑的时候云开雾散,瞬间就回到了他熟记的那个样子。

"你怎么到现在还是那么关心郑阿龙?"

他也笑了,却笑得有些窘迫:"你找我还能有什么别的事?"

"我找你还真是有别的事。我看中了士嘉堡的一座房子,小平房,前后都有花园,想找你去看一眼,帮我出个主意。"她说。

"你发财了?现在是什么房价啊?"他说完就后悔了,那不该是他说的话,她有她的靠山,他不需要杞人忧天。

她看了他一眼,目光幽深。突然,她拿过他的手来,放在了她的肚腹上。

"我是想找孩子的父亲和我一起买房。据我所知,孩子的父亲有一笔七万加元的现金在银行里发霉长虫子。这笔钱,再加上我的积攒,做首付应该足够了。"她说。

突然,他感觉到她的风衣动了一动,他的掌心被一样东西踢蹬了一下。他不备,像被雷电击中,全身发麻,头发根根直立。

热泪瞬间模糊了他的视线。

恋曲三重奏

一

"名字?"

"章亚龙。"

"年纪?"

"三十七。"

"哪里来的?"

"福建。"

"来多久了?"

"两年半。"

"做什么工作?"

"衣厂打包。"

"有移民纸吗?"

王晓楠捧着一杯新煮的咖啡靠窗站着,把背脊丢给那个男人。咖啡很烫,她并不喝,只是为了暖手。她的问话很短,男人的回答更短。男人的回答使她想起一管将要用尽的牙膏,虽然还有些内容,却要咬牙切齿地挤。天色有些晚了,可是她没有开灯。从客厅的那两扇玻璃大窗直直地望出去,便是那个十分有名的安大略湖。水色极亮,是那种日薄西山接近绝望的亮。当初她和许韶峰就是为了这片水色才决定买下这幢房子的。漂亮的房子在多伦多这样多少闻得到历史气味的城市里是随时可以找见的,然而有这样的湖光水色作背景的漂亮房子,就不是那么容易找见的,所以他们很是花了些钱。

"问你呢,有移民身份吗?"

那个叫章亚龙的男人对这个问题始终保持缄默。男人似乎比他自己说的那个年纪要小一些,是典型的亚热带地区长相。皮肤黝黑,颧骨有些高,但男人的身量却不像是那个地区的人,王晓楠谙熟这一点。男人个子不算矮,甚至有些壮。男人的肤色和身架其实很容易把他组合成一个粗俗的形象,可是男人看上去一点儿也不粗俗,也许是因为唇上那一团梳理得很整齐的胡须,也许是因为鼻梁上的那副金丝边眼镜,也许是因为身上那件青灰色带着一团一团云雾般花纹的薄毛衣,总之,男人坐在那里说不说话都是一副斯斯文文的样子。这样的男人若行走在校园里,一定很容易会被当成一个教书先生，一个写了许多书做了许多学问却不善言辞的教书先生。这样的男人若平时走在街上王晓楠大概也会多看一眼，甚至会设法制造一些谈话借口的。

可是今天她不会。

因为今天他只是一个揣着她登在报纸上的广告前来应征的打包工人。

王晓楠到加拿大虽然才六个月，但她并不是个土包子。从她和许韶峰决定移民的那一刻起，她就努力寻找机会去学习在那个叫加拿大的国家里生活所需要知道的一切琐碎。她懂得在多伦多这样的文明都市里，有的问题不管在任何场合都可以问，有的问题则在任何场合都不可问，有的问题在一些场合问起来是调节气氛的幽默插曲，在另一些场合问起来就是没有教养的粗鲁行为。可是今天她把该问的、不该问的、有时该问有时不该问的都统统问了，因为她不在乎那个叫章亚龙的男人怎样看自己。她有一手好牌，好得让人实在无法拒绝——在玫瑰谷这样的高级住宅区里白住，又是在这样一幢倚山临水的好房子里。这样的机会，不是每天都有的。当然，严格来说也不完全是白住，夏天里他要帮她打理前后两块草坪，冬天里他要替她铲除行人道上的积雪，周末他得开车带她出去购物，不过这样的付出与那样的回报相比，简直是不值一提的细节，尤其是对章亚龙这类男人来说。

在他们的谈话刚浅浅地碰破一层表皮时，她就已经猜到他是没有合法居留身份的"黑人"。他的那个家乡，这里的报纸倒是常常提到的，无非是一些和海呀船呀有关的事。她多次听到过关于他们的故事，大致知道他们这些人的路数。无论是陆路还是海路，他们的旅途一定是遥远、曲折、冗长，充满惊险插曲的。不管用的是什么借口，他们要在这里留下来的理由听起来一定能感动移民官也感动他们自己的。这些人背上驮的是沉沉的债，眼前也难有发财的路子。她由此断定章亚龙绝对不会放过这个便宜的，不管她问他什么样的问题。尊严是西装外套，生存是贴身内裤。再体面的外套，也是可以随时脱下的，而再破烂的内裤，也是不得不牢牢守护的。她不相信他会为了外套而脱下内裤。

她不害怕和这样的人同住。这样的人已经断了退路，这样的人只能鼎力向前。这样的人只能像软壳螺似的紧紧吸附在移民这个希望上。这样的人日夜生活在移民官无限宽广的视野里。这样的人胆小怕事，规矩行事。这样的人容易使唤。当她和许韶峰在长途电话上商量人选的事情时，他们不约而同地想到了这类人身上。

只是可惜了这副英俊的皮囊。

王晓楠忍不住叹了一口气,似乎要让他听见她对他的惋惜。

"你明天早上等我电话吧,我还有几个人要见。"

其实当时她就已经作了决定,然而她并不想在那一刻里宣布她的决定。她知道每天在多伦多的大街上都行走着许多像章亚龙那样怀揣着一纸希望的人,可是她也知道多伦多每天的报纸上也有很多给人希望的小广告,说不定此刻章亚龙的口袋里就有三五张诸如此类的从报纸上撕下来的小纸片。她不能把希望太快太便宜地丢掷给他,可她也不能把他推到绝望的死胡同里去,于是她想出了这样一句能将他稳妥地放置在希望和绝望之间的安全地带的话来。

他不置可否地笑笑,起身去穿鞋子。他那天穿的是一双运动鞋,很旧了,带着路上的热气,却依然很白。

他系好鞋带,抬头看见了门厅里的一张风景画,就停在那里看了一会儿,然后转身问她:"王姐,这画贵吗?"

他的这个称谓使她吃了一惊。从来没有人这样叫过她。她在广告上留的是一个王字,他完全可以像别人那样称呼她王太太、王女士,如果肉麻一些的话,甚至可以叫她王小姐。所有这些称呼都显示着带有敬意的距离。可是这个男人却单刀直入地割弃了他和她之间的客套和距离。

她一时不知如何应对这样突然而来让她毫无准备的熟稔。她愣了一愣，才说："这是挺有名的一张画，七人画派的。三千加元。"

男人摇摇头，指了指画框下角的一行小铅笔字，说："这是复制品，只不过是限数的复制品。总共复制了一百张，这张是第八十六张。这样的复制品，最多值五六百块钱。"

男人并没有等待她的回答，就关门走了。男人关门的声音很轻，身子风一样地走进了满街的暮色里。她站在窗口看着男人的背影渐渐地消融在混混沌沌说不出颜色的街景里，心想这背井离乡的半年里自己大概又老了一些了。

二

那个叫章亚龙的男人是在三天以后搬进王晓楠的住处的。

没多久王晓楠就发现章亚龙不仅在关门的时候手脚很轻，章亚龙几乎在所有应该发出声音的地方手脚都很轻。进门的时候他像一片秋叶似的闪进来，出门的时候他像一股青烟那样地飘出去。她的浴室和他的隔了一层楼，她几乎从来没有听见过他用水的声音。可是当他在厨房里和她照面的时候，他的衣容一直是洁净的。他进门的时候通常是很黑的夜，出门的时候是不太亮的晨。当然，这样的信息是她根据那辆泊在她车库里的满脸沧桑的黑色丰田车推算出来的。有时她的推算也会发生误差。比方说有一天夜里她一直没有听见他开车进来，可是到了早上起床的时候，她从窗口望出去，门前草地上的落叶却已经被打扫干净了。叶子装了满满十二个特大号透明塑料袋。那十二个塑料口袋围着草坪斜角那棵粗大的橡树排成一个圆圈，中间的那个口袋上摆着一个硕大无比的南瓜。南瓜也不是寻常的南瓜，瓤子早掏空了，剩下一副火红的皮囊，用刀雕出些鼻嘴眉眼的，顶上又安了两穗长须玉米，在风里飞飞扬扬的。远远一看，竟像是一个体形健硕、梳了两根冲天大辫的红脸村姑。她知道这是摆了给她看的，便忍不住笑了一笑，在内心说："这个章亚龙，倒是有点意思的。"

后来秋就渐渐深了，他被她指使来劈柴。柴是入秋的时候她从商店里买的，等冬天到了好烧壁炉用。柴买过来的时候是大块大块的，他替她劈成一小块一小块的，挨着墙根码好，再用绳子捆成一扎一扎的。他劈柴的时候就一点儿也不斯文了。他把毛衣脱了，剩了里头一件蓝色的背心，背心上印着几个脱了漆的大字：长乐工体男篮。男人抡动长柄斧头的样子很凶，像是和柴结下了世代冤仇。她提心吊胆地看着他，觉得那斧头随时会脱离斧柄飞落到花园的任何一个角落。他舞动胳膊的时候嘴也没有停过，噗噗地发出半是呐喊半是呻吟的声音，肌肉老鼠似的沿着膀臂上蹿下跳着。他使她想起了许韶峰。其实许韶峰也是有过这样的肌肉的。他曾经捏起拳头弯着手臂让她来拧他胳膊上的肉。他的胳膊硬得像铁，她拧来拧去拧酸了手指头也拧不起一块赘肉。当然，那是他当兵的时候。后来他就不当兵了。许韶峰不当兵的时候比当兵的时候更忙，但都是脑子上的忙，身子上反倒是懒怠了，懒怠了的身子自然就生出些懒怠的肉来。

男人劈着柴，背上的衣服渐渐地湿了两大团，只剩了中间一条缝是干的。男人看上去像是背了两扇肺叶。王晓楠去屋里拿了两听可乐，一听给自己，一听丢给男人，说："坐会儿吧，那柴够烧就行了。"

男人噗的一声拉开了铁罐，仰了脸咕咚咕咚地喝，水就流了一脖子，喝完后拿手臂抹了抹脖子，就果真在她身边坐了下来。

男人坐下了，才看明白原来自己是坐在吊椅上的，就是那种钉在铁架子上的没有腿的人一坐上去就吱扭吱扭晃动的椅子。这种椅子，他在好莱坞老电影里看过好多次，都是富贵人家的小姐在花园里与情人秘密幽会时用的。如此一想，他便有些不自在起来，就将身子扭来扭去地想离她远些，谁知那吊椅却越发秋千似的摇晃了起来。幸好他腿长，就拿脚拄了地，方稳了下来。

"你也打球？"她指指他背心上的字，问他。

他咧嘴一笑，露出两排微微发黄的牙齿，算是回答。

她说："我打过排球。"

她说这话的时候，嘴角略略向上一挑，挑出一个半是真实半是梦幻的微笑。那是一个年代有些久远的故事。那时，她是一个大学校队的副攻手，她的球打得不错，当然再好也只是一个普通校队的水平，只是她打球的那个年代并不是普通的年代。在那个年代里，任何关于女子排球的小小故事都能引起几亿人热泪盈眶的回响。后来，校园里的年轻人开始用国家队里一个长得格外秀气的副攻手的名字来称呼她。有一天，她参加华东六省市高校排球联赛回来，突然看见张敏在宿舍门外等她。张敏说："我去看过你们的球赛了。"她没有想到他竟跟去了她的赛场，在这之前他们虽然做了大半年的同学，他却没有和她认真地、有意义地说过话。当然，他也没有认真地、有意义地和班里的任何一个女同学说过话。那一刻，她被太多的意外击中，瞬间失去了对答的本领，只知道拼命地点头。他俩在半明不暗的过道里站了一会儿，谁也没有看谁。后来他低低地、几乎有些口吃地对她说:"我看见了一个精灵,一个跳出了形体和语言拘束的精灵。"这是那个年代里一个中文系一年级学生在朦胧的恋爱情绪中所能想出来的最离奇的形容辞了。后来回想起来,就是这句话揭开了那段为期三年多的风雨恋曲的序幕。

章亚龙知道王晓楠关于排球的话题只是她进入怀旧情绪的一个极为方便的引子,对于这样的引子无论他说什么都是无关紧要的,于是就心不在焉地说了一句:"打排球你那身量……"却又不说了。她不知道他想说她长得太高了还是太矮了,她的身量正是在这两种说法都适宜的那个范围。

这时她兜里的手机惊天动地地响了起来。

是许韶峰。

"豆芽问你过年回不回来。"

"再问就说你妈让你爸给扔在荒郊野地里等死,正盼着你来救呢。"

"你看看,又来了。你的那个房客,还好吗?"

"好又怎么样?不好又怎么样?你还能星夜赶回来管我不成?"

说这话的时候王晓楠转过头来看了章亚龙一眼,这才发现章亚龙其实早已回屋去了。院子里突然很是安静了起来，长柄斧蛇一样地蜿蜒在草地上喘息着，新劈的木柴在初起的暮色里小心翼翼地吐出一丝森林的芬香。

三

张敏不是个毛头小伙。

张敏入学时就是一个插过六年队教过两年书的知青。张敏比王晓楠大八岁。

张敏早就有了女朋友。张敏的女朋友叫秦海鸥。张敏同秦海鸥认识已经有很多年了。两人都是南京人，小学中学一路是同学。后来又一起到淮北农村插队，一起考大学。张敏考进了上海的学校，秦海鸥考进了苏州的学校。一个学文，一个学医。苏州离上海不远，每逢节假日，秦海鸥也不回家，却坐了火车到上海来看张敏。秦海鸥一来，全班都知道了，因为张敏总是带着秦海鸥到教室来做功课。两人一前一后地坐着，你看你的书，我看我的书。有时秦海鸥就掏出一个小手巾包，悄悄地放到张敏跟前，里头通常是剥好皮的瓜子和花生。待到教室熄了灯关了门，张敏就把秦海鸥送到女生宿舍挤一晚，然后再自己回到男生宿舍。宿舍里有几个结过婚的老大哥，忍不住取笑张敏，说："你小子怎么总不给我们一个肃静回避的机会呢？"张敏笑笑，却不说话。张敏是个不太善言辞的人，和男的和女的在一起都这样。他的缄默使他所说的每一句话，都如压缩食品似的存放在王晓楠的记忆空间中，在后来的日子里被岁月泡胀开来，放大夸张了许多倍地充填着她的感情断层。

有一回张敏带秦海鸥去学校礼堂看新拍的电影《小花》，刚好坐在王晓楠的前排。王晓楠进去的时候电影马上就要开演了。张敏偶然一回头，发现了手执票根挤过人群找位置的王晓楠。他们只来得及点了点头，灯光就暗了下来。后来正片进入一个用当今人的眼光来看过于煽情的情节，那个年轻美丽的村姑妹妹在催人泪下的音乐声中抬着失散多年的伤员哥哥，跪行在崎岖的山路上，膝盖上的鲜血与崖上的杜鹃花相映生辉。王晓楠发觉秦海鸥的身子渐渐地向着张敏移动。张敏的身子也移了一移，却不是向着秦海鸥的方向。尽管后来秦海鸥的头终于还是越过他们之间的距离，轻轻地靠在了张敏的肩膀上，可是就是张敏那微微的一闪，突然间给了王晓楠一线希望。

那天晚上张敏又把秦海鸥送到女生宿舍借宿。刚巧那天宿舍里的两个本地女生都没有回家过夜，铺位都占满了。王晓楠说："要不你就跟我挤吧。"两个人便睡在了一张单人床上。看上去有些瘦弱的秦海鸥在脱去衣服之后其实是个还算丰满的女人，没有了乳罩限制的胸脯饱胀地充盈在洗得稀薄了的旧背心里，胳膊和大腿在朦胧的月色里闪着结实的紫蔷薇似的亮光。这种肤色在十几年以后成了必须花钱购买的时髦，而在当时却仅仅代表着常年的劳作。

两个人都侧着身子背对背地躺着，尽量避免着可能发生的身体碰触。王晓楠听见秦海鸥的呼吸渐渐低沉了下来，以为她睡着了，就微微地翻了个身，没想到秦海鸥却突然轻轻地对她说："听说你的球打得好极了。"

王晓楠吃了一大惊，她没有想到张敏竟和秦海鸥说起过自己。黑暗中她的脸涨得通红。

"张敏还说过我什么呢？"

"说你的行李最多。"

王晓楠想起了新生报到那天第一次见到张敏的情形。那天她在学校门口找到了中文系的接待站，一个穿着蓝色工作服、胡子拉碴的男人接过她的箱子，就带着她去女生宿舍。她以为他是校工，也没多问就跟着他走了。他很高也很结实，轻飘飘地提着她的两只大箱子、一个旅行包，仿佛是拎了几只半空的菜篮子。她很快就被他甩在身后，他走出了很远才停下来等她。他帮她把行李卸在上铺，带她去买了饭菜票，灌了热水瓶，却一直没有和她搭话。到了晚上系里开迎新会，她突然发现他坐在她对面，方知道他是她的同班同学。他刮了胡子，换下工作服，穿了一件白底带细隐格的的确良衬衫，就变了一个人。衬衫很新，还带着折痕，夹着塑料片的领子硬硬地卡着他的脖子。他很适合穿那样洁白的衬衫，白色使他显得深沉而具有书卷气。她忍不住多看了他几眼。后来辅导员让新生们一一站起来作自我介绍。他的经历太复杂了，复杂得无法用几句话来概括，而她的经历太简单了，简单得无法用太多的语言来叙述，于是那晚他和她的发言都是最简短的。

想起那个时候的自己王晓楠不禁抿嘴笑了，这一年里她毕竟长大了很多，在身体上，也在别的事情上。这样的变化，秦海鸥是不知道，也不需要知道的。

后来秦海鸥就睡着了，可是王晓楠却一直醒着，她在翻来覆去地想着秦海鸥的话，猜测着张敏对秦海鸥说这些话时的场合和表情。不知为什么，她认定自己是张敏向秦海鸥叙述大学生活片段时出现的唯一一个女同学。在这样的思绪中，平时她和张敏之间极为偶然的一个笑容一句交谈便突然有了新的意义。后来她听见黑暗中有一些细碎的嘎嘎声，好像是老鼠在啃咬家具，又好像是板壁被风吹动，过了一会儿她才醒悟过来，原来是秦海鸥在磨牙。

秦海鸥磨了一夜的牙。

王晓楠一夜都没有睡踏实。

第二天早上的第一堂课是古汉语，教授选析的是李白的《长干行》。教授是个白发苍苍的老人。据说教授娶的是他的远房表妹,所以教授那堂课讲得声情并茂,从"妾发初覆额,折花门前剧",到"郎骑竹马来,绕床弄青梅",一路渲染着青梅竹马的朦胧诗境。在教授抑扬顿挫的解说里,课堂上的青年男女渐渐地都被浸润在一片潮起的感动里。

王晓楠睡意蒙眬地忍耐了一会儿,终于没能忍住,突然站起来打断了教授,说:"青梅竹马只能造就兄妹之情,不能造就爱情。爱情是异体之间的新鲜碰撞,不是从故知里产生出来的。李白他不懂。"

教授愣了一愣,继而哈哈大笑起来,说:"李白不懂,你懂,是不是?到底是童言无忌啊!"

全班都随着教授笑了。只有张敏没有笑。张敏抬头看了她一眼,她没有回头就知道了他在看她,因为她感觉到她的背上很热。

四

章亚龙是个无可挑剔的房客。

章亚龙认真地打理着王晓楠家的草坪和花园,让该红的地方很红,该绿的地方很绿。后来秋天过完了,天大冷了起来，隔一两天就要落一场雪。章亚龙便仔细地扫除着王晓楠门前便道上的积雪，撒盐化冰。在王晓楠需要的时候，章亚龙就开车带她去商场购物。章亚龙带王晓楠去购物，却又不和王晓楠一起购物。通常他把她放在商场里一个方便的入口，说好一个时间再回来接她。有时她准时完事，有时她会略微拖延。他把她接到车里，至多也就抬腕看看手表，这就是他对她的一种婉转责备。当然，这些事情都是他在周末或两份工作之外的时间里见缝插针地完成的。总而言之，章亚龙对于他和王晓楠之间的君子协定，一直是恰如其分地遵守着。恰如其分的意思，就是一点儿也不多，一点儿也不少。章亚龙有两份工作的事，其实是王晓楠根据章亚龙在家时间的长短而推算出来的。章亚龙有一次说过，衣厂的活儿不够，老板又不想裁了熟手，只好减了大家的工时，一天一人只能摊到五个小时。关于章亚龙剩下的时间里所从事的第二职业，尽管他自己从来三缄其口，王晓楠却有许多丰富的联想，有时这些联想会绕着章亚龙的长相和身材十分复杂地生长蔓延开来。王晓楠也知道自己想歪了，却任由自己歪着去想，反正无论是正还是歪，章亚龙都是不需要知道的。

在多伦多安定下来之后，王晓楠就去附近的社区中心报名参加了一个英文补习班。班级里都是些和她一样的新移民，远的来自东欧，近的来自墨西哥，也有几个从中国来的同胞，英文程度并不比她强多少。上了一阵子课，王晓楠的胆子就渐渐地大了起来，竟敢在课堂上结结巴巴地用英文争论。虽然语法错误百出，好在众人都是五十步笑百步，一片嬉闹之中，就把一应的烦恼之事丢在脑后了。可是课一散，那一份没心没肺的快乐也就丢在了教室里，回到家来，依旧是形影孤单的一个人，不由得恨起那个章亚龙来，他若在家陪她说说话也是好的，就后悔了当初没在广告上提这个条件。可是，这事在广告上又怎么提呢？寻找聊天伙伴，共度寂寞夜晚？怎么听上去竟像是哪份小城晚报上半老徐娘的征婚广告了呢？王晓楠忍不住一个人低低地笑了起来。

有一天晚上，王晓楠下课回家，一个人吃过了饭，还不到七点，开了电视来看，都是些闹剧，闹哄哄的也听不懂几句。外头下着雨，打着闪，风拖着长长的尖利的尾音跑过长街，将窗户捆得咚咚作响。那风声像怨妇哭殡，也像原野上饿了一个冬天的狼。王晓楠虽然在北京生活了十好几年，也见过一些冷天，却是从来没有听过这样的风声的，心里不免就有些惊悸，忍不住给许韶峰打了个电话，铃响了很久也没有人来接。王晓楠这才突然想起北京正是周六的大早上。到了周末许韶峰不睡到日上三竿是不会起床的，大概把电话也关了。王晓楠只好从壁橱里抱了床毯子拥在怀里，靠在沙发上发了一会儿呆，心里突然就很盼着章亚龙早点下班。后来不知怎的，仿佛受了鬼使神差，王晓楠竟从皮包里找出一把钥匙，去开了章亚龙的房门。当初章亚龙搬进来之前，诸事都答应了，却只提出一个条件：房门要上锁。王晓楠当场就给他配了新锁，又把两把钥匙都给了他。当然，章亚龙并不知道，王晓楠手里还有第三把钥匙。

　　章亚龙的屋子和从前几乎没有太大的差别。除了桌子上多出了几个镜框、壁橱里放了两只箱子之外，一切都一如既往地简单而有秩序着。简单和有秩序其实是一件事情的两种说法而已。一个一无所有的人是很难制造出混乱的布局来的。混乱只能是富有的产物，混乱绝少能从简单里衍生出来。

　　王晓楠便凑到桌子上看照片。照片统共有三张。第一张是一对老头老太太，穿着一身崭新的西服套装，别别扭扭地坐在照相馆的长凳子上，对着照相机傻笑，看着像是章亚龙的父母亲。第二张照片是章亚龙自己，穿着一件洗得泛白了的军绿球衫，胳膊上兜着一个篮球，额上脖子上湿湿的都是汗。照片大约有些年数了，章亚龙看上去很是消瘦，球衫从颜色到样式都有些古板。第三张照片是一个三十来岁的女人，手里牵着一个五六岁的男孩。女人其实相貌平平，可是女人却有一个灿烂的微笑。女人还有一把极好的头发，在阳光和风里柳丝似的飞扬起来，细细碎碎的全是金黄。男孩有些怕羞，紧紧地闭着下巴，不肯对着镜头笑。章亚龙并没有出现在这张照片上，可是王晓楠从女人的眼睛里看到了章亚龙的无所不在。记得章亚龙揣着广告来应征的时候，曾经说过他是一个人过的。这样的说法在现今的时代里被许多结了婚的男人和女人们广泛而松散地使用着，这样的说法可以有多种多样的解释。也许许韶峰现在就在某一个酒吧茶廊里对某一个年轻而美丽的女人说着这样的话。当然，这样的话从成功的人嘴里说出来，总是更富有吸引力一些。如果章亚龙在彼岸的妻子听见章亚龙这样对人介绍他自己的状况，她的笑容大概就不会像照片上这么灿烂明媚了——每一个女人刚开始做女人的时候大约都有过这样的笑容，侵蚀和毁坏是在后来才渐渐发生的。

后来王晓楠又在章亚龙的房间里发现了一样她先前没有注意到的东西，这东西使她在房间里的逗留延续了一些时候。她看见墙角有一摞白色的布，布底下仿佛覆盖着一个木头架子。布显然旧了，皱皱地发着黄。她本来并不真想去探讨布后边的内容，可是一想到她还有一个非常完整的夜晚需要细细打发,她就无法遏制地向那个角落走去。

王晓楠掀起白布,木架上是一幅画。一幅油画。油画看起来很新,颜料似乎还微微地透着湿气。王晓楠把手指轻轻地贴上去摸了一摸,方知道早就干透了。画上是一个年轻女子,穿着一件月白色的旧式斜襟布衫,袖口领边上绣了一些细碎的云边。女人的头发齐齐地梳到脑后,头顶露出半只斜插的碧玉发簪。也许是风的缘故,也许是笑的缘故,那玉簪上绑的红丝线似乎在轻轻地颤动着。女人的头发很密,刘海黑压压地遮住了眉毛,一双眸子乌亮清明。女人的双手紧紧地绞在一处,膝盖上斜斜地放着一枝夹竹桃。夹竹桃大约是新采的,白色的花瓣上沾着些露水,在早晨的太阳底下闪着些晶晶的亮光。王晓楠只觉得这女人隐约有些面善,过了一会儿才看明白原来就是照片里的那个女人,只不过是个古装版。画面右下侧有一行炭笔字,字很潦草,她颠来倒去地看了几回才依稀看出是"琼美印象"几个字。

王晓楠站在离画很近的地方看画,画里女人被画笔肢解在斑驳的颜料中。后来她退后了几步,距离使女人和她膝盖上的夹竹桃渐渐地完整起来,整个画面便带上了一层朦胧的忧郁,甚至连阳光也仿佛隔了一层薄薄的雾气。这时候她突然看见女人的嘴角牵了一牵,发出一声轻轻的叹息。她吃了一大惊，再凑近了些，女人却不再有响动，回到了画中的寂静。她便慌慌地想退出房门，却完全没有意料到章亚龙会在这个时候推门进来。

他在见到她的那一刹那愣了一愣，手上的拎包咚的一声掉到了地上。他的面部表情在尝试了数种变换之后，终于固定在一个模式上。

"这是……是你画的吗？"

他没有回答她的问题。他直直地看着她，却又像没有在看她，他的眼光笔直地穿过她落在很远的地方。她突然就觉得被这样的眼光扎得遍体鳞伤。

"这是我的房子，我想进就进，想出就出。"她依稀记得自己对他狠狠地嚷了一句这样的话，她也依稀记得他在她身后轻轻地关上了门。但是她没有听见他锁门的声音。

那天晚上，他一直没有锁门。

在那以后的日子里，他也不再锁门。

她回到自己的房间里，头疼欲裂，在吞服了几片安眠药之后，便昏昏沉沉地进入了半睡眠状态。那一晚她的睡眠被无数的梦境割锯得支离破碎，在其中的一个梦里她看见了那个穿月白布衫的女人。女人站在一片悬崖上，四周都是水，不知从哪里开始也不知到哪里结束的水。女人的嘴唇在微微启动着，像是一尾即将死在网里的鱼。可是她始终没有听懂女人的话。后来女人朝她颤颤地伸出手来,她也朝女人伸出手去。当她几乎能感觉到女人指尖的冰凉时,女人突然带着一声轰隆的巨响坠入了深渊。

原来是风声。

王晓楠捂着胸脯坐起来,一身冷汗,心跳得一个屋子都听得见。她把那个梦从头到尾地回忆了几遍,那个巨大的环绕着悬崖绝壁的水泽突然使她想起来章亚龙桌子上的那张照片,那张有女人也有孩子的照片。那张照片的背景其实也是水,很遥远很模糊的,淡化成一片青灰色烟雾的水。

突然间她明白了那汪水是尼亚加拉瀑布。

突然间她也明白了章亚龙的妻子不在中国。章亚龙的妻子就在多伦多。

五

那年夏天大考完毕,暑假即将开始,班上有几个同学建议去苏州和无锡旅游。王晓楠是厦门人,还没有机会见识过苏杭一带的景致,就跟着报了名。其实开始时王晓楠是有些犹豫的。王晓楠的父母是双职工,有两份收入,所以王晓楠是申请不到助学金的。她下边还有一个弟弟也在上大学，两人的费用都是家里来负担，她手头就没有几个宽裕的钱。促使王晓楠决定花钱去旅游的，其实还不仅仅是苏杭的景致。王晓楠是在听同宿舍的女生说起张敏也要去之后，才下了决心的。

到苏州那晚，正是最炎热的时节。天像一口严丝合缝的大瓦缸，倒着个儿扣在地上，透不进一丝凉风，满街的树木都无精打采地耷拉着枝干。班长点着人数安排众人住招待所，指了指张敏问："你去不去你女朋友学校住？"见张敏不吱声，就把他的名字划了出去。一行二十来人分了三个大通铺房间住下，一间女房靠里边，两间男房靠外边。天时还早，众人都没有睡意，有的跑去娱乐室看电视连续剧《姿三四郎》，有的就扎在一堆闹哄哄地玩扑克牌。王晓楠见张敏走了，早没了兴致，就推说头疼，一个人无心无绪地回屋躺下了。

躺下了，却睡不着，听着窗外的知了扯着嗓子撕心裂肺地叫，汗就渐渐把身上的背心湿透了，只好起来用湿毛巾一遍又一遍地擦拭着身子。好不容易略微有了些睡意，却听见一阵窸窸窣窣的开锁声，黑暗里闪进来一个人高马大的影子，也不开灯，径直就朝她的铺位走来。王晓楠惊得汗毛耸立，咚的一声跳下床来，飞也似的冲出屋去。

其实那人是招待所新来的服务员，不懂规矩，怕吵了顾客睡觉，所以没敲门就进屋了，知道闹了误会，连忙追出来说："是我，别怕。"哪还来得及，人早跑到街上去了。

王晓楠昏头昏脑地跑到街上，迎面就撞到了一个人身上。那人没防备，险些被撞了一个趔趄。待两人都站定了，才看清原来是张敏。王晓楠惊魂未定，身子一软就歪到了张敏怀里。张敏见王晓楠穿着短背心花便裤，光着脚，披头散发地站在街上，也吃了一大惊，慌忙扶着她在街沿上坐下。王晓楠就把刚才的事说了一遍给张敏听，一路说，尚一路喘息。

张敏听了，就笑说："这么多人呢，他哪儿敢？八成是服务员来换水瓶的。"

王晓楠这才想起，那人手上似乎提了东西，大概真是热水瓶，便也觉得好笑起来。心略略定了些下来，就问张敏："你怎么又回来了？"

张敏嗯了一声，算是回答。这时王晓楠感觉到左脚心隐隐生疼，摊开来一看，原来被石子扎破了，蚯蚓似的爬着一线血。王晓楠见了血，就是一声惊叫。张敏把她的脚举到自己的膝盖上，从兜里掏出一条手帕来缠伤口，一边缠，一边笑说："丁点大的事，也值得叫，你们这代人呀！"

王晓楠不服气，说："谁说我没吃过苦？你来看看我们球队训练的时候。"

张敏只是摇头。

王晓楠就问:"秦海鸥在我这么大的时候,比我有出息吧?"

张敏不说话。

王晓楠又问了一遍,张敏给缠不过才说:"秦海鸥在你这么大的时候,用一根擀面杖打死过一条狼。"

王晓楠叹了一口气,说:"生在好时候也不是我的错,你总不能叫我把你们这代人的苦都吃过一遍,才肯拿我当真吧。"

张敏听了,心里动了一动,转过脸来见王晓楠坐在路灯底下,手臂肩膀全然裸露在外,一身的肌肤如同上了釉的新瓷,光光亮亮的没有一丝褶皱瑕疵,一副清清凉凉的样子,反看得他很是燥热,就站起来要帮她取鞋子。王晓楠不肯,要张敏陪着坐一会儿。

张敏说:"你这副样子……"

王晓楠这才觉察到自己穿得很是单薄,就说:"那你把衬衫给我。"

张敏无奈,只好把身上的衬衫脱下来,给她披上。

两人就坐着看天。

天极是清朗,星星如豆,一望无际。一轮滚圆的月亮,照得地上仿佛被水清洗过了一遭。天色晚了,终于起了些细风。知了也歇了。遍地寂静中，只听见满树的叶子窸窸窣窣地抖着。两人久久无话。王晓楠用手指头梳编着头发，梳拢了又拆开，拆开了又梳拢。王晓楠的头发很长，有时梳两条长长的辫子，有时在脑后扎一根马尾巴。不梳辫子也不扎马尾巴的时候，那一堆散云就把她半个身子都盖住了。后来她拨开散云把头靠在了张敏肩上。张敏没动。

过了很久，王晓楠才听见张敏幽幽地叹了一口气，说：“晓楠，我是不能离开秦海鸥的。”

"如果我不让你离开秦海鸥呢？"王晓楠伏在张敏肩头，低声问道。

张敏没有回答。

六

毕业分配方案下达时，张敏的去向是早已预料到了的。老家南京的一所高校，三个月前就发了公函到系里点名要张敏，而那时秦海鸥已经考取了南京药学院的研究生。无论于公还是于私，张敏都是应该回南京的。然而王晓楠的去向却一直在变动之中。开始时班里沸沸扬扬地传说她在四方活动准备回老家厦门的一所高校教书，后来又有人说她在努力争取去杭州的一家出版社，最后她却定局在北京一家不大不小的报社当了文字编辑。其实关于她去向的种种传言都只是人们生动活泼的猜测。当系里征求王晓楠的意见时，她只稍稍沉吟了片刻就说要去北京。在这件事上王晓楠并没有像往常那样向张敏讨教，所以公布名单的时候张敏也吃了一大惊。当然，张敏没过多久就明白过来了，北京是三个城市中离南京最远的。

在尘埃落定，众人的未来都有了着落时，王晓楠突然得了一场大病。严格地说，王晓楠的病并不完全是突发的。王晓楠一直有胃病的历史，只是在那段时间里她的胃病达到了登峰造极的地步。那时她的同学们都已经到单位报到或趁报到之前的短暂片刻回家探亲去了，她却因为要在学校的挂钩医院里接受检查而独自留了下来。她一个人躺在没有人声的宿舍里，在胃痛的间隙里尝试着睡一小会儿觉，或者在胃药制造的片刻安宁中小心而又频繁地进食，而这种时刻学校的食堂通常是关门的。

张敏决定留下来陪王晓楠看病。

张敏从他的同乡那里借来了一个煤油炉子，用剩余的粮票到附近的农贸市场和农民换来半篮鸡蛋，并把自己的自行车卖了，去小菜市场买来薏米、肉松、活鱼和排骨，每天为王晓楠炖着小灶，于是宿舍狭窄的楼道里便常常充溢着一股葱花和热油交混的香气。

有一天，在饱饱地喝过一碗鲜鱼汤之后，王晓楠有了些睡意，就靠在床头懒怠地闭上了眼睛。午后的阳光把她的脸色涂抹得娇嫩异常，该红的地方很红，该白的地方很白，汗湿的刘海在她的额上形成一个个大大小小的圆圈。张敏用手指头长时间地挑弄着她的额发，她醒来时发现他的脸色有些疲惫灰暗。

"你该走了。"她缓缓地对他说。他的宿舍在她的楼上，每天他都会被叫上去听南京来的长途电话。

"晓楠，"他叫了她一声，嗓音有些嘶哑，说，"我和她还有很长的日子，和你却没有了。"

后来他决定送她去北京报到。

到了北京，王晓楠的单位分给她一间宿舍，是和一个单身女记者共住的。屋很小，摆了两张单人床、一张旧桌子和两张木椅后，就连走路也得侧着身子了。桌子只有一个大抽屉两个小抽屉，早让那个记者占满了，见王晓楠来，只好百般不情愿地腾出一小块空地来。王晓楠平时爱买书，带着一箱子的书到了北京，却没有地方放置，只得堆在床头，高高地堆了半堵墙。屋里连盏台灯也没有，若一个人占着桌子写字，另一个就得蜷腿坐在床头看书，暗蒙蒙的十分伤眼力。张敏原以为北京是大地方，事业生活自然另有一番风景，谁知竟也是这般小气拙陋，就十分放心不下，反倒是王晓楠时时地说着些宽慰的话。

　　王晓楠的单位虽小,却还算热情,给了她一周的安家假期。正巧张敏前几天刚收到一笔稿费,就带着王晓楠上街买了一盏台灯、一些锅碗瓢盆和一条新床单。后来他们路过西单商场,看见服装柜台跟前围了好些人,就挤了进去看热闹。柜台里摆着几件刚刚上市的羽绒服,蓬蓬松松的衣身上匝了些横道道,分大红、天蓝两种颜色,很是鲜艳。那年羽绒服是一桩刚刚兴起的时髦,从前众人只是在电影里见过宇航员穿这样的衣服,便都好奇,却还是嫌贵,终是看的人多,买的人少。王晓楠看了看标价,是三十九到四十三块钱不等,就拉着张敏转身走了。两人走出几步,张敏突然又折了回去,回来时手里就多了一个大包,王晓楠嚷了半句"你疯了,回去不办事了……"就停顿在了那里。虽然王晓楠异常小心地绕过了那个关键的词,但她知道张敏这趟回南京,最早国庆节,最晚元旦,是要结婚的。

　　张敏不回答,却催着王晓楠把羽绒服套上试试。张敏选的是天蓝色中长的那一款,王晓楠穿上了,拉上拉链,正好在膝盖上,那遮住的和露出来的部分都让人产生无限遐想。找不着镜子,就问张敏怎么样。张敏看得呆呆的,半晌说不出话来。王晓楠闷出了一头一脸的汗,就把衣服脱了。张敏接过来拿在手里,就势将王晓楠紧紧地搂住了。

两人站在当街的秋阳里,听着秋风细语呢喃地梳理着秋叶子,突然就有了些地老天荒的恓惶。

第二天,张敏去火车站买回南京的车票。买好了票,他就到旁边的邮局挂了一个长途电话,那头秦海鸥接起来,轻轻一笑,问:"是浪子吗?"

张敏没笑,却说了火车的班次和抵站时间。

秦海鸥问:"还有别的事吗?"

张敏呵呵地干咳了两声,才说:"海鸥,这趟我真的回家了。"

秦海鸥那头半天没有说话,张敏知道她在哭。事过多年秦海鸥回想起来,仍旧觉得张敏的这句话是一语成谶。

后来王晓楠送张敏去火车站。王晓楠在张敏的车厢里待了很久,一直待到高音喇叭前后报了三次"送客的同志请下车",王晓楠才站起来。王晓楠虽然站了起来,却没有离开,这时张敏把手搭在了王晓楠的肩上。张敏的手放得不轻也不重,使王晓楠一时无法判断他是在拉她还是在推她。在片刻的犹豫中,火车喘了一口长长的粗气,缓缓地行走起来。王晓楠重新坐了下来,说:"我到天津再下车吧,一会儿去补张票。"

可是王晓楠并没有在天津下车。王晓楠后来是在济南站下车的。王晓楠下车的时候走得很急,两腿像灌了风似的，停也停不住，一直到那辆依旧载着张敏的火车蛇一样地蜿蜒进一天一地的暮色里，最后只剩了一个黑豆大小的圆点时，她才发觉她的身子其实一点也不肯与她的腿配合。她的身子如同一摊抽去了筋骨的散肉，腿突然间就载不动那样的重量了，便咚的一声坐在了马路牙子上。她在马路牙子上坐了很久，看着街灯一盏一盏地亮了起来，行人在橘黄色的街灯下蛾子般笨重地移走着。没有一盏灯是她见过的，也没有一个人是她认识的。她想哭，可是她却没有哭，因为她知道没有人会听她哭。

王晓楠于次日下午回到了北京，意想不到地发现她的办公桌上有两封加急电报，都是从徐州发过来的。第一封是张敏的。张敏的电文从抒情的角度来说很是简短，只有两句话，然而从电报惯常的叙事用途来说，却啰唆得几乎接近奢侈了："我一直在你和世界中间作选择，现在才知道两者是一回事。等我回北京。"第二封电报是徐州市公安局发来的，说一个身份不明的男人在徐州火车站旁被一辆货车撞死，口袋里有一封电报草稿，收件人是王晓楠，请速来徐州认尸。

张敏最后安葬在南京郊区的一个僻静县城。葬礼上秦海鸥远远地躲避着试图安慰她的人群，却从头至尾一直紧紧地握着王晓楠的手。秦海鸥喃喃地问了很多次"他为什么要在徐州下车呢",王晓楠没有回答。王晓楠没有告诉秦海鸥张敏从徐州给她发过电报,秦海鸥也没有告诉王晓楠张敏在北京给她打过电话。她们都怀着一个被死亡骤然切去尾巴却依旧能产生无限美丽遐想的巨大秘密,各自以为最终得到了她们一生中最重要的那个男人。这样的想法使她们开始彼此深切地怜悯着对方,毕竟失去了对方,她们对张敏的记忆就是残缺不全的了。

秦海鸥与王晓楠的友情断断续续地保持了很多年。秦海鸥硕士毕业后直接报考了博士,后来就留校任教做研究,没有出国,一直单身,到三十九岁时才嫁给了她的导师,一位在"文革"中丧偶的知名教授。她很少对王晓楠说起她的婚姻,然而她和她丈夫的名字却常常并排出现在一些很有分量的学术杂志上,当然还是他在先她在后。

七

许韶峰回北京之前,将买完房子后剩下的几十万加元,都存进了互惠基金账户。本金不动,利息用来做王晓楠在多伦多每月的花销。王晓楠写信给国内的旧友,说起这边移民生活的百般无聊,落款时就会写上"惜婆"两个字,谐的是"息婆"的音。

年底的时候，王晓楠收到了投资公司寄来的一份报表，粗粗地看了一眼，就觉得钱数不对。翻箱倒柜地找着了开账户时签的文件，对了对数目果真少了约有十来万加元，立时就打电话给投资公司，问："这几个月互惠基金怎么亏成这个样子了？"

那头的小姐听了她的口气，就笑说："算你运气好，虽然没赚，却也没吃大亏，你看看近来股市是什么行情，而且你先生没告诉你他一个月前从账户里取走了十万加币？你们开的是联合账户，谁单独签字都生效。"

王晓楠挂了这头的电话，又急火火地拨了北京的电话，接通后就甚是凶狠地嚷了起来："好你个许韶峰，还有什么要瞒着我的，你就一并都说出来……"

电话那头听了，沉沉地叹了一口气，说："什么事？就不能慢一点说？多少年了，总是这个脾气。"

王晓楠这才听出来是婆婆的声音，就多少有些羞愧，又不便对婆婆细说原委，只好收敛了些火气，问许韶峰哪儿去了。

"出差去了。"

"哪儿出差？"

"广州深圳一带。"

"什么时候回来呢？"

"没准。在外边讨债呢,年底要讨不回来,过了年就更没指望了。这年头,欠债的大过讨债的。"

"豆芽呢?"

"进住宿学校了,周末才回来。"

王晓楠听了又是一愣,说:"不是说好了要到这边来上住宿学校吗?"

婆婆就有些不耐烦起来,说:"你不在,谁管孩子的功课?他是孩子的爸,还能不为孩子好吗?什么时候去加拿大不是还没定嘛!"

王晓楠无话,只好挂了。

许韶峰办好移民手续带王晓楠到加拿大时,头一个星期里不去看高楼大厦,也不去看名山好水,却一直呆呆地坐在公寓门口看天,看着看着,就翻来覆去地问王晓楠:"这天,这天怎么就能蓝成这个样子呢?蓝得让人他妈的想哭。"好像老婆必须为天的颜色负责似的。

到了第二个星期,天依旧还是蓝的,他却不再提想哭的话了。

到了第三个星期,他就渐渐忘了天本来可以不这么蓝的。那时他已经待得有些无聊了。

许韶峰是在买了房子后的第五天回北京的。在机场和王晓楠说好了,这趟回去,最多待两个月,把人家欠他的他欠人家的债都清一清，再把公司的事彻底交到合伙人手里，就起身回来，顺便把儿子豆芽带来送进私立住宿学校念书。可是转眼五六个月过去了，许韶峰电话里却渐渐不提回来的事了。王晓楠追得急了，那头就长一声短一声地叹气，说公司的麻烦事多了，一时半刻脱不了身。问什么事，又死活不肯细说。王晓楠忍不住和他诉些苦，说："这边家里的水管漏了，修了几回也没修好，考汽车驾驶执照考了三回也没考过，眼看冬天就要来了，不开车怎么出门呢？"许韶峰开始还讲几句宽心的话，后来就听得哈欠连天起来，说："叫出租车就是了，你又不是没有钱。或者叫个人住进来，帮你干些杂活儿。你这还叫苦，有多少人想吃你这种苦都吃不上呢！"王晓楠听了，心里一凉，从此不再拿这头的事烦他。

王晓楠放下婆婆的电话，又马上拨了许韶峰的手机号。许韶峰的手机是全球通，一拨就通了，是个女声，细声细气地问："是你吗？什么时候回来？"

王晓楠没好气地回了一句："正是我。你说我该什么时候回来呢？"

电话那头一听来者不善，顿时就换了种语气，正正经经地说："我是许总的秘书。许总正在开会，让我替他听手机。"

王晓楠冷冷一笑，说："那正好，请告诉你们许总，他老婆在加拿大让人绑架了，他若是要人，就火速拿出十万加币来。他若不要人了，也得回来收尸。"

说完也不等回话，就砰的一声挂了，坐在地毯上发了很久的呆，想给厦门的娘家打电话，刚接通听见是母亲的声音，又赶紧挂了。母亲去年得了乳腺癌，动手术做化疗放疗加上单人病房高级营养品，一共花了十多万元，都是许韶峰付的钱。母亲从此不再说许韶峰一声不好。

王晓楠又从手提包里拿出一本通讯录来，十几页纸统共好几十个名字，从头翻到尾，竟找不到一个可以说话的。后来忍不住给章亚龙拨了个电话。章亚龙衣厂的电话号码还是当初他留在租房申请表上的。衣厂正是午休的时候，电话里闹哄哄的很是嘈杂。她等了约有十来分钟，章亚龙才来到电话机旁边，听见是她的声音，就愣了一愣。她清了清嗓子，说了半句"那天的事……"就说不下去了。

他也不接她的话，由着她尴尬了一小会儿，才扑哧一笑，说："我接受你的道歉。"

王晓楠咦了一声，说："谁给你道歉来着？家里炖了西洋参鸡汤，你吃不吃？"

他说吃，她就挂了。

王晓楠打了这一大通电话，只觉得周身燥热无比，在屋里再也待不下去了，就抓了一件大衣走出门来。出了门，却又不知道往哪里去，只好顺着平常坐车去英文补习班的路线，无精打采地走了两三站地，两腿就渐渐沉了起来。正想坐车回家时，突然看见街边停了一辆漆得甚是花里胡哨的大汽车，车门大敞着，门外排着一队人。王晓楠走近了才发现那人群中有两个是她班里的同学，就问去哪里，回答说是去尼亚加拉赌场，五块钱一张票，包晚饭，还有空位置。王晓楠就糊里糊涂地跟着上了车。

车慢吞吞地开了约有一两个时辰，就到了一个开阔去处。耳朵隐隐地仿佛听见些轰鸣，车窗上也渐渐地蒙上了些雾气。王晓楠知道这是到尼亚加拉瀑布了。谁知车到了瀑布并不停下，却一路直直地开进了一幢大圆楼。王晓楠问了同学，才知道这车的司机和赌场有协议，旅客要先进赌场，赌够了才能放出来观光——世界上哪有免费的晚餐？王晓楠无奈，只好随着众人进了楼。

进了楼，才发现这楼里的景致反比楼外的明亮。一个硕大无比的圆形屋顶，通通拿来做成了一顶人造天穹。那天也不仅仅是一块蓝天，还飞着些丝丝缕缕的白云。白云是纹丝不动的，动的是天穹。这天穹一转动，云仿佛就动了，天也就很是逼真了起来。又见四周的墙壁上不是西洋壁画，就是罗马雕塑，一片金碧辉煌。那没有壁画也没有雕塑的空间里，就做了各式各样的店面，卖的是进口烟草、欧洲皮货、非洲艺术品。地上一律铺着酒红色的地毯，几十个年轻女招待手托着饮料盘四下走动，给客人送茶饮。一式一样的瘦高挑身材，一式一样的超短裙，一式一样的殷勤微笑，甜媚却不低贱，亲近又不狎昵。王晓楠只觉得这个地方像是闹市里的一个艺术馆，富人区的一家精品专卖商场，又像是旅游胜地里的一座五星级宾馆。什么都像，却唯独不像是赌场。

同学就拉她去玩老虎机。她的皮包里正好装了两百多块钱的现金——原来是想去买吸尘器的——就数出五十块钱去柜台换了满满一筒的筹码，刚刚投进去四五个，就听见她的机子鬼也似的尖叫了起来，旁边的同学又吹口哨又拍手，老虎口里就叮叮当当地掉下好些筹码来。她接了一筒，没接完，又淅淅沥沥地接了大半筒才接完，就拿了那个半筒的去给同学玩，自己抱了赢的那一筒，加上原先的那一筒，兴兴头头地接着玩了起来。谁知后来那台老虎机就安静了起来，再也不肯出声了。同学说："你把一天的数额都赢走了，没指望了，赶紧换一部机子吧！"她果真就接连换了几部机子，却依旧没有什么战绩。没过半个小时，就把两筒筹码输光了。又去柜台换了一百块钱的筹码。输几下赢几下的，拖拖拉拉地玩了一阵子，终究还是都输完了。看了看手表，离吃晚饭的时间还早。实在无聊，又去柜台把口袋里的钱都兑了，换了台一块钱一次的老虎机玩。这次倒是痛快，全是进的，竟然没有一个出的。不到一刻钟，筒就露了底。口袋里再也没有票子可换了，只好下决心歇了，不再恋战。

正好这时晚饭也送过来了，是盒装的意大利比萨饼外加一小杯可乐。比萨饼上浇了满满一层奶酪，王晓楠向来不爱吃奶制品，勉强咬了几口就吃不下去了，便沿着走廊逛来逛去看人家赌大筹码的。看了一会儿二十一点，见都是输的，一个没赢，就扫了兴。后来走到一个五颜六色的大转盘跟前，看见一个精瘦的墨西哥人半蹲半坐在椅子上，正往台子上放筹码。那人将筹码放得挤挤的，在二十到三十号中间的数字上都堆了小小的一叠，连边边角角都堆满了。发牌小姐手腕轻轻一转，转盘悠悠地转了一小圈，在一个号码上停下来。还没容王晓楠看清楚，小姐早将一桌的筹码掸灰尘似的掸得一个不留，单单给那个墨西哥人扔了一大撂子筹码。到第二轮时，墨西哥人并不着急，等着小姐把手扶到了转盘上，才开始放筹码，也是放得拥拥挤挤的。这回小姐用力凶狠了一些，转盘转了几圈才停下来。众人只盯着墨西哥人看，只见那人又搂进了一叠筹码，竟比上回的还多。小姐的脸色就遮掩不住地有些难看起来。

这时里头走出一个领班模样的人来，把小姐领进去了。过了一小会儿，小姐又出来上了台子，却不是同一个小姐了。

王晓楠看得稀里糊涂，同学就解释给她听，说："那个墨西哥人可不是寻常的赌徒，是属于赌精这一类的。这些人从不轻易下注，必是在某张台子边上转来转去观察了很久的，早就摸清了小姐转盘时的手势和下力的轻重缓急，推算出转盘大概会在哪个区域内停下，就把赌注下在那个范围的数字上。这样的赌客，赌场极是忌讳，却又找不出由头来拒绝，只好靠频繁地换小姐来扰乱他的推理。"

王晓楠听了，大长见识，就说："那我就跟他投注，他投什么我也投什么。"同学见她早先也输过几百块钱了，都劝她。她正在兴头上，哪里听得进劝？径直去取款机里取了五百块钱，通通换了筹码，回来一看，不仅是墨西哥人不见了，连同学也走散了，只好自己找了张台子，自作主张地下起注来。结果又是个开门红，红过一下就是一片连绵的苍白了，便越发着急起来，赌注越下越大。那五百块钱不禁输，五把十把就全军覆没了。本想再去取钱，突然想起银行卡上的每日取款限额已到，只好怏怏地站了起来，一个人离开了赌场。路过大厅，在玻璃镜子里看到了自己的模样，两个眼睛红红的如灯泡，头发根根直立，这才明白了赌徒为何十有八九面目可憎。

走到门外，早已是暮色苍茫。天上正下雪霰子。雪霰子落到地上，沙沙的像小时候家里过年炒糖栗子的声音。路边停了两辆城市电视台的车子，有两三个工作人员正扛着摄像机在拍晚间新闻——昨天移民局刚刚在赌场抓住了一个通缉已久的杀人犯。一个三四十岁的女记者，穿了一套极是精神的玫瑰红西装，胸口别了个小麦克风，正站在冷风里报新闻。王晓楠不禁微微一笑。时光倒移，她仿佛看见了当年的自己。

遭冷风一吹，王晓楠才清醒了些，明白自己这半天的工夫里已经扔掉了七八百加币。这七八百加币若换成人民币是三四千块钱，那是从前自己做记者时好几个月的工资。章亚龙在衣厂里要打多少个包，才能拿到这个钱数？就有些心疼起来，不由得后悔了自己的孟浪。懊悔归懊悔，终不肯服气，自己输的这个钱数，还不够许韶峰一个晚上在歌厅酒吧里的消费。说是招待客户，谁知道是一群什么猪头狗脸的人呢？由此想开，又想到那个接手机的青葱翠玉般的女声，心里越发翻江倒海似的难受起来。方才吃的那几口意大利馅饼，渐渐地堵了上来，忍不住蹲在路边嗷嗷地呕吐了起来。

吐完了，站起来，看见身边有个电话亭子，就钻进去，塞了一张信用卡，拨了家里的电话号码。原来只想查一查家里的电话留言,没想到却有人在家。她顿了一顿,才说:"你……你来接我一下吧。"

八

王晓楠大学毕业分到北京,在报社工作了一年多,就通过公开招聘考到京城一家新成立的电视台当了采编记者。那几年里,像王晓楠那样重点大学毕业有本事也有点相貌的单身女子,是很难被社会遗忘的,尤其是在京城那类充满了伯乐也充满了千里马的地方。她们一如钉子,即使被重重叠叠地包裹深藏着,最终还会在几经颠簸之后破孔而出的。尽管后来在调离一事上王晓楠遭遇了可以用万水千山来形容的艰难历程,她毕竟很早就离开了枯燥乏味的文字编辑工作。在单调刻板的办公室生涯还没有在她脸上画下永久性的记号时,她就非常及时地翻开了她人生中截然不同的一页。

王晓楠到电视台之后选做的第一个专题片,是关于部队年轻军官的。确切地说,是指那批高等院校毕业的大学生军官。王晓楠的任务就是把这些人从平淡无奇的军营背景里剥离出来,把他们的故事添上绿色之外的其他颜色呈现给观众。王晓楠的节目出现在一个军队已经失却了惯常的神秘色彩，其功能已逐渐退化到不再被社会瞩目的太平盛世里。在当时人人致富的社会主旋律里，王晓楠的主人公和他们的故事似乎在唱着一支小小的反调。然而在缺少反调的日子里，微弱的反调引起的注意有时却可以胜过强大的正调。正是由于这个原因，王晓楠在电视台的首次亮相就取得了意想不到的巨大成功。这个成功为不久之后她成为京城知名的栏目主持人铺下了第一块坚实的基石。那是后话不提。

许韶峰是王晓楠制作的军队故事中的一个人物。许韶峰是同龄军官中资历最老的，十六岁入伍，后来被保送进入一所部队系统的医学院，到那时已经有将近十五年的军龄。许韶峰大学毕业后，并没有像他的同学那样进入部队医院当医生，而是被分配去协调管理部队医院的设备更新换代和技术人员培训。在那个异常强调专业对口物尽其用的时代背景里，许韶峰其实不是那种常规成功故事的原材料，可是王晓楠在一片反对声中坚持要选用他的故事，用较为通俗的话来说，王晓楠对许韶峰有知遇之恩。那时许韶峰的同班同学中已经有人当上了住院总医生，而许韶峰却连一个盲肠小手术都没有动过，可是许韶峰却是他们中间第一个被提拔为正营级干部的。正营级在今天的标准里如同小数点之后的第三四位数，小得几乎可以忽略不计，然而在当时却是许韶峰的同伴们近乎奢侈的梦想。

当王晓楠和她的摄制组跨进许韶峰那个显然经过精心布置的办公室时，摄影师马上把镜头对准了墙上那一排框裱得整整齐齐的奖状和奖章。王晓楠请许韶峰解释这些奖状和奖章的由来，许韶峰嗨嗨地笑了一笑，说："你要听哪个版本的？是开着麦克风的，还是关了麦克风的？"

王晓楠就是在那个时刻注意到了许韶峰的不同之处。许韶峰和他的同伴们一样，都想急切地通过媒体成名，但是许韶峰不像他们那样小心翼翼地掩掖着他的企图。在一片巨大虚浮的喧嚣声中，这一点小小的诚实，却突然使王晓楠产生了一些感动。

王晓楠还注意到了许韶峰的高大英俊。王晓楠生命中出现过的男人仿佛都是这个样子的。矮小懦弱的男人走不进她的视野。那天是个极热的夏日，许韶峰没有穿军装。许韶峰穿的是一件极为普通的白布衬衫，但是他臂膀和胸脯上的肌肉使得那件再普通不过的衬衫突然间有了深刻的内容。他们之间的谈话很是顺畅，如同一股在平坦的山道上行走的溪水，几乎完全没有障碍地自由流淌，即使是在镁光灯和麦克风的注视之下。当她问起他的家庭情况时，他突然有了小小的一个停顿，随后他说了一句"不随军"，就不再往下说了。这是那天全部的对话中出现的唯一一个阻隔。分手时他表现出一些心不在焉，甚至没有回应她的道别，后来她才明白，其实在那时他就坚定不移地相信他们还会见面的。

后来王晓楠就全心投入了这组节目的后期制作。再后来她又全心投入了节目带来的成功情绪之中。再后来她就接受了一组新的节目。日子由这些后来和再后来循环往复地充填着，许韶峰带给她的短暂感动就渐渐失落在忙碌之中了。生活的隧道太长也太灰暗，那些短暂的火花是很难长久地照亮一个人的行程的。三个月后当楼下传达室打电话上来告诉她有一个叫许韶峰的人要见她的时候，她已经想不起来他是谁了。

她当时正在和总编谈一个新节目的创意，谈得兴起就忘了他在楼下等她。当她最终想起来时，他已经在传达室里坐了将近半个小时了。穿军装的他和穿衬衫的他很有些不同，军装使他显得成熟而又威严。她看了他好几眼才把他认了出来，她脸上惊疑交加的表情使她在那一刻里突然有了几分未经世事的清纯和单一。他觉得自己多年堆积的世故顷刻之间像一片雪花融化在她的目光里。当然他没有这样告诉她，至少在当时没有。他站起身来，而且站得很是挺直。他双腿紧闭，双肩高耸，扬起右手，突然对她行了一个威严而标准的军礼，然后他从口袋里掏出一封信交到她手里,就一语不发地离开了传达室。在众人好奇的目光中,她追着他跑出办公大楼。她自然是追不上他的。她看见他的步子从容而又坚定,后来他就化成了熙攘的街景里一个小点子。可是他一直没有回头。这是他设计已久的一个亮相动作。他知道只有采用某种别具一格的戏剧性方式,他才有可能进入她的视野。

她打开了他的信。信有两页纸。第一页纸上是一首诗。诗很短,没有署名:

默默的等待中
指间溜过了多少无风的夜晚
天上星星,个个都很亮
为了那一个
却迷失了回家的方向

路过你的窗前
想问你的灯火是否为我而亮
可是我不敢
夜是沉沉的网
隔开了你
在窗的那端

>我
>
>在窗的这端

这是许韶峰对王晓楠第一次也是唯一一次与求爱模式最接近的感情表白。后来王晓楠多次问过许韶峰这首诗是写的还是抄的,许韶峰从来没有正面回答过她的问题。他总是笑笑,不置可否地反问她:"你觉得呢?"

与第一页纸里的浪漫情怀相比,第二页的正文显得有些不合时宜的严峻。

>我是在一年以前经战友介绍认识了现在的这个"妻子"的。

许韶峰在写到"妻子"这个词时使用了一个引号。

>她家在天津,我在北京。我们是通过书信联络交往的。四个月前我们登记"结婚"了。

在写到"结婚"这个词时,许韶峰又一次使用了一个引号。

然而我们仅仅是法律意义上的夫妻，我们始终没有住到一起。因为在筹备婚礼的前夕，我无意中了解到她有相当严重的作风问题，在当地名声很坏。

看到这里王晓楠忍不住抿嘴笑了一笑。那是八十年代中期了，"生活作风"这一类的词语虽然有时还在一些场合出现，在更多的场合里却已经被另外一些听上去不那么严肃的词语所替代了。

但是促使我决定离开她的不是上面的原因，而是我发觉她并不爱我。作为我妻子的那个女人，可以有千疮百孔的缺陷，却至少应该是爱我的。于是我单方面提出离婚。然而她坚持不肯，并层层告到部队上级。部队正在协助地方调查事情真相。相信手续只是一个时间问题。

读完信王晓楠才认识到许韶峰在一些想法上与时尚很是脱节，在另一些想法上又异乎寻常地前卫。好在那脱节的地方正好在皮毛上，那前卫的地方倒是在骨子里。因了骨子里的那点前卫，皮毛上的那些脱节就不显得那么迂腐，反倒有了点意外的幽默。其实王晓楠是从心底里有那么点喜欢许韶峰的。

可是她还是把他的信锁到了抽屉里，不再予以理会。因为她与张敏那一段长达三年的节外生枝的复杂恋情，早已让她跋涉得精疲力竭。在她人生的那个生活阶段，她向往着一种简单直截黑白分明的感情，她再也无法忍受两个人的空间被三个人使用的那种拥挤了，哪怕那第三个人只是一个影子。

当然这只是她没有理会许韶峰的原因之一。其他的一些原因还包括她的生活方式。那时她已经在京城混了两年多，在文人的小世界里有了属于她自己的圈子。她的周围不乏对她献着殷勤的人，其中甚至还有一两个让她看得上眼的。

二十六岁的王晓楠那时以为日子是没有尽头的，男人如同长长的旅途中的驿站，错过了一个，自然还会有下一个，他们之间一定是相隔不远的。

九

王晓楠与许韶峰再次相见，是六年之后的事了。

那时王晓楠在电视台里已经不再是个跑腿打杂的小字号了。台里新分配进来的大学生，见了她都毕恭毕敬地叫她一声"王老师",而和她差不多年纪的同事,在领导不在的场合里开始戏谑地称她为"王头"。"王头"在台里采编并主持一个叫《角角落落》的节目。节目很短,隔周一次,每次只有半个小时,拍的都是些灰色调的与大悲大喜无缘的小人物、柴米油盐贫贱夫妻的小故事,没想到收视率还挺高。

有一天临下班,社会新闻部的两个小记者拿了几张餐券来找她,说是京城闹市区的一家自助餐厅开业,请他们去捧场。王晓楠看了看餐券上的名字,说:"这地方我知道,不是一般的贵。一张餐券值一二百块钱呢,哪是白请的?吃了是要给人做宣传的。"

那两人就没心没肺地笑说:"所以才叫上你嘛。吃了再说,实在逼得紧了,就说你们《角角落落》只拍穷人,哪天变穷了再来找我们,一定给帮着宣传。"

王晓楠心想自己回宿舍一人待着也是无聊,不如跟他们去胡乱凑个热闹,就骂了声"不怕挨刀哪你们",果真跟着吃请去了。

到了餐厅,自然宾客如云,光花篮就堆了一整个前厅。来的人个个油头粉脸、西装革履的,偶尔有几个相互认得的,就挤过人群大声寒暄握手。大多数和王晓楠一样是来打秋风的,只看盘子不看人。王晓楠嫌闹,又怕餐厅老板认出她是电视台来的，就挑了些蔬菜水果，一个人找了个僻静角落躲起来慢慢地享用。

正吃着，就听见身后有人扑哧一笑，说："还真想大隐于世呢！"王晓楠回头一看，竟是许韶峰。六年没见，发福了好些，大样子上却还依旧。王晓楠一眼就认了出来，两人都有些意外的惊喜。彼此伸出手来握着，就半天没有分开。

许韶峰没穿军装，身上那套银灰色的西装和腕上那块白金表，都不像是市面上的寻常货。许韶峰那天看起来很像回事，只是丝毫没有军人的痕迹。王晓楠就问："什么时候复员的？"

许韶峰听了便笑说："说你不懂吧，兵才复员，官叫转业。"

王晓楠也跟着笑，说："那好，官是什么时候转业的？转业都干了些什么？"

许韶峰就不笑了，认认真真地说："啥也不干，就等着星期三看《角角落落》。"

王晓楠心里热了一热，暗想这个许韶峰几年不见，果真有些长进，竟很知道怎么说好话了。

两人东一句西一句地说了一会儿别后的事，许韶峰就把手里的盘子放了，拉着王晓楠往外走去："什么东西，要味道没味道,要颜色没颜色,倒大街上猪也不碰的,还敢标这个价,不如我们找个清静地儿煮方便面吃。"

也不容王晓楠回话,两人就到了街上。许韶峰朝街对过招了招手,王晓楠以为他要打的,就有一辆黑色的奥迪车缓缓地停了过来,里边走出一个穿得很是齐整的小年轻,朝许韶峰恭了恭腰,说:"许总请。"王晓楠才知道这原来是许韶峰的坐骑。

进了车,许韶峰就同王晓楠一起坐在了后排。车子剪刀似的割进了一街的灯火里,在熙熙攘攘的人流里裁出一条窄缝来。许韶峰吩咐司机开些音乐来听。司机一开收音机,排山倒海似的滚出来崔健的《一无所有》,直震得车玻璃沙沙地抖。

许韶峰拍了拍司机的肩膀,说:"有没有唱小康的,怎么天天是这一无所有的穷调调?"

司机听了,也笑,果真就换了个轻柔些的流行曲来听。

许韶峰侧过脸来,问王晓楠:"结了吗?"

王晓楠摇摇头,反问许韶峰:"离了吗?"

许韶峰点点头。

王晓楠不知道许韶峰离的是第几次了,两人都没提上回的那封信。

后来车就在一座高楼跟前停了下来,两人坐电梯到了第十一层楼,走出电梯迎面就是一个办公室,墙上有块大金匾,上面龙飞凤舞地印着"韶远国际旅游公司"几个大字,署名是京城一个有名的书法家。

许韶峰见王晓楠盯着牌子看,就嗨嗨地笑说:"这遍地的水货里头,也只有这个匾是真的。做生意,总想把名字起得大些,但在你们文人眼里,总归是一个土字。我中学同学里有一个哥们儿,他老爷子在国家旅游局管点事,能提供点信息财路,我俩就挂在旅游局下面,合伙开了这个公司。"

两人就在会客室坐下了。王晓楠看了看会客室的装修,很是富丽堂皇,不像是个小家当,就猜想许韶峰这些年大概真是发了,问:"总共有多少雇员?"

许韶峰说:"不算当地雇的导游,真正来上班的约有十四五个人,工资册上的就比这个数目多多了。"

王晓楠不解,问:"不上班怎么会在工资册上?"

许韶峰只瞅着她笑,却不说话,王晓楠突然明白了过来,就叹气说:"不能怪干部不好,只能怪你们的本领太高。有些什么旅游路线?"

许韶峰说:"远的游香港澳门新马泰,近的游京津卫,不远不近的游苏杭三峡九寨沟。不过这些线路都是老皇历了，你有我有大家都有。我们这里的特色不是这些。"

说着递过一叠宣传资料，王晓楠略略翻了翻，都是些"井冈山怀旧之旅"、"万水千山长征路"、"伟人故地吃住行"、"延安窑洞夏令营"，等等等等。

许韶峰很是得意地告诉王晓楠说："这才是我们的特色菜。刚推出来的时候，是想打部委机关离休老干部的市场，谁知后来来报名的都是些小年轻，忙的时候一天五条线路几十个导游都排不过来。"

王晓楠听了，暗暗佩服许韶峰的脑子，就想起当年采访许韶峰时，众人只当他是为了升官唱高调，才说专业对不对口无所谓。到今日才看出来，那几年在部队管设备更新换代，倒让他早早地学了些商场的招数，却真是他的兴趣所在呢。

这时候里头就叽叽喳喳地走出一群下夜班的女孩子来，走到门口，猛然见到许韶峰在会客厅正陪着一个陌生女客说话，就折了回去。回去了也不肯老实规矩地待着，都挤在过道里咕咕地笑。许韶峰喝了一声："有话到外边说，笑什么笑？"

那群女孩子果真就一一走了出来，倒不怎么怕许韶峰。为首的一个忍着笑低声说："许总，你说过领导有重要会议时我们不能打扰，我们怎么知道什么重要什么不重要呢?"

许韶峰指着王晓楠说:"这位是电视台的大记者,你说重要不重要?"

那群女孩子异口同声说了声"重要",就齐齐地围过来看王晓楠,其中有一个就认出来了,说:"你就是……你就是那个……""就是"了半天也没把名字说出来。

王晓楠就推许韶峰,说:"喂,管管你的部下。有这么看人的吗?又不是猩猩。"

众人越发笑得前仰后合的。好不容易笑完了,为首的那个女孩子就趴到许韶峰耳朵跟前说:"许总,你赶紧把人家追过来吧,我们好去电视台看拍戏。"

许韶峰挥挥手,说:"这事容我拿个方案出来。去吧,去吧。"

一群人才磨磨蹭蹭地走了,一路走,尚一路笑。

许韶峰又是得意了一番,说:"听不出口音了吧?全是我们一手训练出来的。没有一个是北京人,都是从山西陕西湖南招来的,一能吃苦,二对旅游景点有感情。"

待人都散尽了,许韶峰就招呼王晓楠到办公室里头转一转,王晓楠只是不肯,说:"知道你气派大,我们现在是贫富悬殊,再看下去我没法回去过我的日子了。"

许韶峰就叹了一口气,说:"我的穷日子,你又不是没有见过,一个月七八十块钱的工资,管爹管妈还要管两个弟弟。那时候,谁都看着当医生的强,只有你没有把我看死。"

王晓楠想说"其实我也没想到",却终于没说出来。

许韶峰送王晓楠回家,这回是自己开的车。到了宿舍门口,王晓楠下了车,许韶峰把头探出车来,说:"我没吃饱,你好歹给我煮包方便面吧。"

王晓楠说:"我从来不备方便面。"

许韶峰涎皮涎脸地不肯作罢,说:"水总是有的吧,我渴着呢。"

王晓楠无奈,只好请他进来坐。王晓楠因是单身,在电视台只分到了一小间房,虽也花了些钱略略地装修了一下,毕竟还是寒酸。许韶峰在沙发上坐下来,大衣也不脱,只骂暖气不足。王晓楠笑笑,说:"京城里百分之九十五的人就是这样过冬的,抱怨的却是另外的百分之五。"

许韶峰意识到王晓楠似乎有些情绪,知道自己在这个时候说什么都不合适,略略坐了坐,就起身告辞了。

第二天王晓楠下班回家,邻居递给她一个包,说是快递公司送过来的。王晓楠回屋打开来一看,是一床韩国产的真丝面料鹅绒被。王晓楠把被子抓在手里,只觉得轻如蝉翼柔如春水,一下子就猜到是许韶峰送的,不免想起那年张敏在北京街头给她买羽绒服的事来,便感叹女人对男人可以有千种好法,男人对女人的示好方式却是如此雷同单一。又不想去问许韶峰,认定他总会打电话过来的。谁知这一等就等去了一个月,许韶峰那里一点响动也没有。

王晓楠终于沉不住气了,就按许韶峰名片上的号码打了一个电话过去。电话铃一响,那头就有人接了起来。一听到那个底气十足的"喂"字,王晓楠一时语塞。许韶峰一笑,说:"我知道你会打电话过来的。"

王晓楠隔着电话,脸上就有些臊,嘴上却依旧是硬,说:"凭什么?"

许韶峰过了半晌才轻轻地说:"为了那六年。"

王晓楠不说话,心里却很是感动。

这年年底,电视台照例给所有的节目按收视率排出档次,王晓楠的《角角落落》归在"尚好"这一档——前两年都在最佳档。王晓楠心里就不是很受用。过了两天,台里领导找她谈话,说收视率只能代表节目质量的一部分,媒体对社会的引导意义有时比收视率更重要。王晓楠只道是领导明白她心里的委屈,特意来化解的,谁知那头话锋一转,说:"当然我们也要正视收视率这个现实,看能不能有所改进。"

在绕了几个弯之后,领导终于讲到了正题,说:"你看我们能不能依旧由你来编这个节目,再从广播学院物色一个主持人?"

王晓楠从领导办公室出来就直接回了家。其实电视台里有很多面大镜子,有从上往下照的,也有从左往右照的,有二维,有三维,也有四维的,可是王晓楠此刻只愿回家照她那面窄小的穿衣镜。王晓楠在镜子面前站了很久。侧身。正面。低头。仰首。微笑。沉思。怨恨。无论哪个角度哪种表情,她看见都是一张还算年轻的脸。眼角的那些细纹,必须非常挑剔地观察才能发现。可是摄像机已经习惯了她这张脸。习惯的另一层含义就是厌倦。摄像机在狠狠地使用了她几年以后,终于厌倦了她的脸。摄像机从来不怕得罪任何一张脸,因为京城有太多张年轻的充满新意的脸要迫不及待地讨好摄像机,摄像机已经被那些脸彻底宠坏了。

王晓楠从宿舍里出来,信步走到街上。天阴了一整个早上,到这时就飞起细碎的雪花来。街上的人流裹在厚重的冬衣里,缩头缩脑地朝她走来,又离她远去。一切似乎都与她相关,一切又似乎与她全然无关。行走在熟悉得几乎熟视无睹的街景里,她突然有了一种深切的几乎带了一丝恐慌的陌生感。在这个充满了机会的硕大无比的都市里生活了八九年之后,她第一次觉得她依旧是一个孤苦伶仃的寄人篱下讨生活的外来妹。京城把她高高地举起来,其实只是为了再把她狠狠地摔下去。

后来王晓楠走进了一个公用电话亭,给许韶峰打电话。电话是秘书接的,说许总在开一个重要会议,暂时无法听电话。王晓楠突然提高了嗓门,一字一顿地对秘书说:"你们许总就是在开政治局会议,也要把他找出来,告诉他有一个叫王晓楠的女人,问他想不想结婚。我就在这里等回音。"

五分钟之后,秘书回来了,说:"许总请王小姐定个时间。"

那年春节,王晓楠和许韶峰在京城登记结婚。许韶峰给王晓楠的结婚礼物是一只一克拉的白金钻戒和一座位于城郊的小别墅。这两样礼物在很长的时间里都没有派上用场。钻戒一直锁在保险柜里,别墅离单位太远,王晓楠不愿意在路上耗费太多的时间。结了婚之后的王晓楠,堂而皇之地加入了电视台里等待分房的大队伍,没多久就分到了一个两室一厅的中等单元,和许韶峰搬了进去住。

十

章亚龙去尼亚加拉赌场接王晓楠,正遇上大风雪,满天飞絮刮得路都不见了,车像一只肥白的虫子在高速公路上笨拙地蠕动着。走走停停的,王晓楠的胃就颠簸得很是难受起来,随手抓过一个塑料口袋,便又哇哇地吐了起来。撕心裂肺地吐完了,脸色煞白如纸。

章亚龙吓了一跳,问:"要不要把车停在路边歇一歇?"

王晓楠摇摇头,就闭了眼睛靠在椅背上养神。

两人半晌无话,后来章亚龙叹了一口气,说:"你再怎么折腾自己,他也是看不见的。"一句话说得王晓楠红了眼圈,忍不住流下泪来。

章亚龙也不劝,由着她窸窸窣窣地哭完了,擦净了脸,才把身上的大衣脱下来,盖到她身上,说:"睡会儿吧,到家叫你。"

开到家,已是半夜。王晓楠下了车,脚下一滑,就摔到了雪地上。章亚龙伸手去搀,却摸着了一只滚烫的手掌。进屋拿出体温表量了,竟是三十九度多,就马上要开车去医院,王晓楠只是不肯,说去急诊室等两三个小时,还不如在家躺会儿。章亚龙翻箱倒柜地找出了几片退烧药,让服了。又去厨房煮了一锅红糖生姜汤,逼着喝了驱寒。正喝着，床头的电话就惊天动地地响了起来。王晓楠也不接，由着它响到疲软为止。章亚龙注意到王晓楠已经把电话上的留言机关了。后来电话又响了几回，一回比一回声嘶力竭。王晓楠听得腻烦了，就把电话线给拔了。

章亚龙见王晓楠脸颊红扑扑的，额上湿湿地出了些热汗，就吩咐夜里要盖好被子睡觉。正要离开，却听见王晓楠轻轻地叫了一声"亚龙"，从被窝里颤颤地伸出一只手来，对他说："陪我一会儿吧。"声气里竟带了几分恓惶，平日的果断尖刻突然都不见了。

章亚龙就将屋里的大灯关了，只剩下幽幽的一盏台灯。又拖了一张椅子过来，在床前坐下，握住了王晓楠的手。那只手裹在他的手掌里，是柔柔软软的一团，起先是没有多少分量的，后来就渐渐地沉了起来，便知道真是睡着了。

这一睡，就睡到了次日清晨。王晓楠一觉醒来，太阳穴尚隐隐生疼。暗蒙蒙的曙色里，突然发觉章亚龙歪在旁边的椅子上睡着了，手里依旧握着她的手。王晓楠这才把头天晚上的事一一想了起来，就摸索着下了床，只觉得头重脚轻，满眼晃着金星。靠着墙歇了一歇，将气喘匀了，才颤颤地去衣柜里拿了一床毯子给章亚龙盖上。谁知章亚龙就醒了。章亚龙一醒，第一件事就是找来体温表给王晓楠量体温。见烧已退了好些，脸色也比昨晚清朗，就说："你依旧躺着，我去给你煮一碗热汤面来吃。"

王晓楠果真躺了回去，却忍不住笑说："看不出你这么能体贴人。你们家琼美倒是个有福气的。"

章亚龙听了这话，脸色骤变，起身就走出了房间。王晓楠暗想这个叫琼美的女人也不知做下了什么事，竟让章亚龙如此提也提不得，放又放不下。

一会儿工夫，章亚龙就回来了，手里端了两大海碗热气腾腾的面条，清清淡淡的只放了些葱花榨菜，上头铺了两只黄灿灿的荷包蛋，那颜色香味都很是诱人。

两人果真是饿了，也顾不得多话，就呼啦呼啦地吃了起来。王晓楠怕滞食，不敢多吃，只吃了半碗就放下了，问章亚龙是在哪儿学的画。章亚龙说是在工人文化宫美术班打的底子，后来又在师范学校的美术系进修了半年，实在算是玩票的，当不得一回事。

王晓楠忍不住啧啧惊叹："那科班出身的也不见得有你这份感觉。再好的训练，学的也都是技巧，感觉是爹娘给的，生下来有就有了，没有你也模仿不成。"

章亚龙听了虽不吱声，心里却很是得意。

两人说了一会儿话，就听到屋里有鸟儿啾啾地叫了几声。那是王晓楠的挂钟，指针中间坐着一只红脯罗宾鸟，时辰一到就要跳出来鸣报钟点。

王晓楠一看挂钟,就吓了一跳,说:"都什么时候了,你还不去上班,你老板还不开了你。都怨我,害得你一夜没睡好。"

章亚龙却依旧坐在那里不动身。

王晓楠又催了一回,章亚龙才咧嘴一笑,说:"衣厂关门了。"

王晓楠一惊,想起章亚龙是没有身份的,没有身份就没有工卡,只有衣厂这样的地方才肯雇用这种工人,图的是最便宜的劳动力,两下都不敢声张,若丢了这份工作,再找一份也不是十分容易的,家那边还不知有多少人在指望着他的钱呢,如此一想,心里就有些难受起来。沉吟了片刻,才说:"前几天我去央街买东西,看见那儿大大小小地开了不少画廊。我虽不是行家,也看得出那些画都不及你的,要不咱们合伙租个店铺做画廊?也不用专门卖画,有生意就卖画,没生意也可以定制镜框,翻晒照片。你看能学得会不?"

章亚龙半天没有回话,王晓楠猜着了他的心思,就说:"资金我包了,你出力就是了。"

章亚龙就嗨嗨地笑,说:"我知道你要说这个。这个世界上有两种人总爱惦记着钱。"

王晓楠问:"什么人?"

章亚龙说:"有钱的和没钱的。"

王晓楠忍不住哈哈地笑了起来,笑过了,又问章亚龙:"怎么样,画廊的事?"

章亚龙依旧不肯认真回答,一路打着哈哈,说:"有钱人怎么总喜欢包,不是包人,就是包事。我看上去一无所有只有力气,你看上去一无所有只有钱,咱俩要是合作,真是物尽其用,各取所需。"

这本来是一句没心没肺的玩笑话,却突然触着了王晓楠心里一个埋藏了多时的痛处,就愣愣地待在那里,半晌说不出话来。

章亚龙瞧见王晓楠的脸色,便知自己把话说拧了,想解释,又觉得越描越黑,只好咳地拍了一下自己的额角说:"我知道你是为我好,你犯不着为我这种人生气。这钱若是你的,一百万我也敢用。若是他的,我一分一厘也不能动。"

王晓楠听了心里不禁动了一动,细细地将这话想了一遍,只觉得里头没有一个字是关于私情的,却又没有一个字是与私情无关的,思绪竟很是烦乱了起来。

十一

王晓楠憋了几日的气,总不肯听许韶峰的电话。后来实在挂念儿子豆芽,忍不住接了电话。许韶峰那头自然是轻言慢语地解释了一番:"公司卷进了一堆三角债,债主里头有一家新成立的小公司,规模小,就靠着这么点钱过年,不还钱就不走人,白天黑夜地赖在办公室里。这么点债,其实真是小头,只是现在资金暂时周转不灵,只好先挪了你那边的钱,实在是怕你知道了担心。原先想等两三个星期债一追回来就填回去,谁想到你偏偏就知道了。"

王晓楠听了虽还是将信将疑,语气上却已渐渐温软下来了,又问:"什么时候能把豆芽带过来呢?"

许韶峰的口气就有些迟疑,说:"公司的事比想象的复杂多了,一时半刻怕是移交不了。豆芽在住宿学校里适应得挺好,功课进步了,身体也比从前壮实。要不就这样先对付一阵子,等你在那边待满了三年拿了公民,咱们再作长远考虑?"

王晓楠放下电话,心里空落落的,竟没有个依托之处。她突然明白过来,在这个庞大的举家移民计划中,也许许韶峰从一开始就没有把他自己囊括进去,而她则必须孤独地在加拿大住满三年。三年之后,她会得到一本新的护照，可是她也会失去一些旧的东西。三年的时间在人生的某些阶段只是一个和其他瞬间没有太大区别的短暂瞬间，而在人生的另一些阶段却像是一道截然的分水岭。走过了这道岭，若想再回过头来看那边的河，河虽然还是同一条河，水却已经不是同样的水了。岭那边的景致便不再是故事，而只是故事里的背景了。

王晓楠是在情绪十分低落的时候想到出国的。现在回忆起来，她人生的几个重大决定几乎都是在情绪十分低落的时候作出的，比如北上京城，比如向许韶峰求婚，又比如辞职出国。

那年生下豆芽歇过产假回到电视台，《角角落落》的节目早已由别人接管了。接管的是一个年轻编辑，原先是一家报纸的娱记。那人追踪的是社会新异现象，关注的是异类人的心态变幻，所以节目虽然还叫同一个名字，风格走向都与从前很是不同了。王晓楠从旁看着，总觉得好像是自己的一个白胖儿子让人家过继了去给养成了癞痢头，心里很有几分窝囊和不甘。后来也没排上什么正式节目，一直跟在别人节目里当零工。懒懒散散地混了好几年，才排上了一个新节目，叫《神州书苑》，是介绍新书新人的。内容大多是文化界的事，正是老本行，王晓楠倒是很上了些心去做。可惜纯文化品位的节目，曲高和寡，收视率不高。所以，电视台里有一条不成文的规定，凡是上了《神州书苑》的作者，都得赞助电视台六万元。王晓楠按台里的规定试了几期，结果不甚满意：那出得起钱的，写的东西实在入不了王晓楠的眼界；王晓楠看上的书，偏偏作者不是出不起钱，就是清高不屑出钱。节目的质量可想而知。原先排在周末晚上黄金时段播出的，后来就给挪到了周末白天，再后来又给挪到了周二白天。王晓楠气不过，便常常找台里的头头脑脑理论，说："我这个节目，是给你们打品牌的。我不信你们这一大堆下里巴人的节目，就养不活我一个阳春白雪，非得我开口问作者讨钱？"领导们碍着她的资历，开始时还耐着性子听，后来见她唠唠叨叨的没个完，便商量着一起躲避她，暗地里都说这个女人大概是提前进入更年期了。

王晓楠在电视台里不顺心，回到家里自然也没有好脸色。许韶峰见了，就劝她说："你的这份工作，本来就是玩的，那点收入还不够在赛特买一瓶进口香水。既然是玩，玩成什么样都好，就是不能玩得太上心。"

王晓楠嚷了半句"我好歹是名牌大学中文系……"就咽了回去。生活像一只细砂轮，耐着性子日复一日年复一年地磨人。十年二十年下来，谁能保得住不被磨平呢？大学里的那点理想，早已是桃源旧梦了。这种时候，王晓楠就格外怀念死去的张敏。张敏会被日子磨平吗？磨平了的张敏就不是张敏了。张敏是一块花岗岩，砂轮磨不平花岗岩，花岗岩倒有可能磨秃砂轮。死亡像一张永久有效的保鲜膜，将张敏所有的长处都鲜活地保存在王晓楠的记忆里。在新潮迭起变幻莫测的日子里，只有古旧的记忆是不变的，不变的记忆相对于多变的日子就显得格外珍贵。许韶峰自知是敌不过这样的记忆的。每当王晓楠站立在窗前，一语不发地眺望着其实没有什么景色的都市夜空时，许韶峰就知道王晓楠又在缅怀她和张敏也许真切地存在过也许仅仅在幻觉里存在过的如歌岁月，这时他往往会保持沉默，等待着她思绪的回归。可是那天他却犯了一个愚蠢的错误。

他走过去拍了拍她的肩膀，用一种时髦的潇洒语气对她说："要不我化名给你们台里捐它个百十万，指名是给你做节目的，让你尽兴玩几手？"

王晓楠看了他一眼，没有说话。王晓楠的眼光很冷，仿佛是两潭正在结冰的积水。

那天晚上王晓楠早早地洗了澡换了睡衣，坐在床上看《动物世界》。那天的节目是关于澳大利亚袋鼠的。可是许韶峰知道王晓楠没有在看，因为她始终没有回答儿子豆芽提出的关于袋鼠的任何问题。

在节目即将结束的时候，王晓楠突然喃喃地说："体育部的小王刚刚出国采访回来，说加拿大那个国家不错。"

许韶峰当时什么也没说。后来王晓楠半夜醒来，看见床头一明一灭地闪着一颗烟头。

"也好，我们豆芽将来到加拿大上大学。"许韶峰半躺半坐着对她说。

第二天他们就开始物色合适的移民公司，着手办理去加拿大的移民手续。手续进展的速度完全超出了他们的意料，当他们接到那张浅绿色的印着加拿大移民局大钢印的移民签证时，感觉仿佛只是做了一个离奇的梦。临别时，电视台里的同事们设宴为王晓楠送行。那天众人的情绪都很高涨，在一片震耳欲聋的卡拉OK背景音乐里，彼此勾肩搭背一遍又一遍地声嘶力竭地高唱《过去的好时光》。连平时与王晓楠交往很疏的那几个人，也都红了眼圈。已往的摩擦碰撞所结下的痂痕，顷刻之间平复在酒精制造出来的亢奋和宽容之中。只有那个素来和王晓楠有些过节的领导始终坐在角落里，一支接一支地抽烟，一言不发，到曲终人散的时候，才站起来，重重地握了握王晓楠的手，叹了一口气，说："可惜了，你。"

这句话后来就像一只蛀虫，一遇到发霉的心境就爬出来啃咬王晓楠。可是王晓楠却明白自己是流出溪头的一股水，无论如何也已经走不回去了。

王晓楠一个人坐在屋里发了一会儿呆，把过去现在将来揉过来捻过去地想了又想，却一直没想出个头绪来，只好无精打采地打开窗帘看后院的雪景。

后院一片银装素裹。这场雪下了整整五天五夜。篱笆不见了，树不见了，工具房也不见了。看得见的只是高高矮矮肥肥瘦瘦的雪包。地上有两行梅花脚印，一路延伸进入邻人的地界，大约是松鼠觅食的踪迹。章亚龙穿了一件柠檬黄色的羽绒服，正弯腰跪在雪地上堆雪人。雪人已经堆了十有八九。肥硕的身子，滚圆的头，眼睛是两颗乌枣，鼻子是一根萝卜，头顶上歪着一顶红帽子，脖子上缠了一条旧围巾，肩上斜插着一根树枝，枝上挑了一角小黄旗，在风里猎猎地飞。旗子上歪歪扭扭地写着："我不丑，我也很温柔。"王晓楠看了忍不住微微一笑，这个章亚龙倒真像是楚霸王，穷途末路了还能高歌一曲。

章亚龙这些日子除了晚上有时出门一下，白天几乎都待在家里，闷头作画。她很想问他找工作的事有什么进展，可是她不敢。有时她觉得她和他都是落在水里没有退路的人，他们只能奋力朝前游。她游她的路程，他游他的。他们无可奈何地看着彼此在水里挣扎，却谁也帮不上谁的忙。但是他毕竟在水的那一方对她扬起了一面小小的艳黄色的旗子，那是他给她的加油信号。而她呢，她到底为他扬了什么样的旗子呢?

她一声不响地走到了后院,团起一堆积雪,朝他扔了过去。他吓了一跳,但马上进入了反击状态。她自然不是他的对手,在她还在筹备第二次进攻的时候,她身上就已经挨了他好几个雪球,其中有一个不幸落到了她还来不及系上围巾的裸露的脖子上,有些疼,也有些冷。她突然蹲在地上,捂着脸哭了起来。虽然他不是第一次看见她哭,他还是不知所措地站在了那里。

"为什么你们男人总也不肯让女人一点呢?"她问他。

他蹲下来,脱下手套,帮她擦拭脸上的泪水,说:"因为你不是普通的女人。你不需要任何人对你让步,无论是男人还是女人。"

他扶她站了起来,拥着她朝屋里走去。她细细瘦瘦地缩在他的怀里,像一个受了惊吓的孩子。

后来发生的事情似乎完全超出了他们原先的预料,又似乎完全在他们的意料之中。开始时他有些拘谨,对于女人他毕竟有点陌生了,然而她很快就使他恢复了所有关于女人的记忆,她的身体温软若水地承载附和着他,使他无论是想给还是想要的时候都能够运作自如。

当欲望渐渐退却、思绪如沙滩在落潮之水中渐渐呈现出来时,他抚摸着她汗湿的有了些细碎皱纹却依然明丽的额头,久久无语。其实他很想问她一些事情,一些与许韶峰有关的事情,可是话到喉咙口却如隔夜的沉涩鱼骨,始终无法轻易地吐到舌尖上。后来他说的那些话其实并不是他最想说的。他说:"那天我实际上是替一个朋友看广告找房子的。到了你这里,才认出是你来。你的《角角落落》我每期都看,而且都录了,所以我临时改变了主意,决定自己搬进来住。"

"搬进来了才知道,原来是这么一个庸俗懒散的女人,半老不老,又自以为是。不过这样也好,从今往后就绝了你追星的念想。"她说。

章亚龙听了就嘿嘿地笑,说:"灯泡到了哪儿也是灯泡,星星到了哪儿也是星星,脸是留不住的东西,早晚都是要老的,只是那留得住的东西,你可别丢了。"

"世上哪还有什么留得住的东西呢?横竖不过是边走边丢的。"她说。

章亚龙叹了一口气,说:"要真没有一样留得住的东西,人活一辈子也真算是个浪费。加拿大这个地方,不该是你来的。你哪到养老的时候了呢?实在是可惜了,你。"

王晓楠一下子想起电视台那个跟她有些过节的领导临别前对自己说的话,突然感觉仿佛有一根棍子在心底搅了一搅,泛上来的是隐隐的、钝钝的、莫名的疼。她只能紧紧地捂住棍子,因为她宁愿容忍长长的隐疼,也不愿承受拔出棍子那一刹那的剧疼。她披衣坐了起来,冷冷地看着他,说:"没有什么可惜的,这是我的选择,至少我还有选择的自由。"

他听出了她话语里的恶毒。在他和她居住于同一屋檐下的日子里,他已经不止一次地看到了她诸如此类的情绪起落,所以他并没有特别在意,况且他尚沉浸在肌肤之亲所造成的随意之中。于是,他爬到床的那一端去寻找她。他搂住她的肩膀,贴着她的耳根,低声对她说:"我没有这个自由,我已经被你锁住了,钥匙在你手里,所以我只能赖在你这里不走。"

他不合时宜的随意使她越发恼怒起来,她甩开他的手,冷冷一笑,说:"加拿大是不怎么好,偏有人砸锅卖铁也要偷渡进来。"

他听了她的话,突然就愣在了那里。他直直地盯着她看,然而他的眼神却涣散地、不知所终地失落在半空。这样的眼神让她有些害怕起来。她看着他拿起衣服,头也不回地走出了她的房间。她想叫住他,她的嘴唇轻轻地嚅动了几下,却始终没能发出任何有意义的声音来。

第二天早上起床时,她已经完全忘记了他们早先的短暂不快,顾不得洗漱就直接来敲他的门,因为她想起了这天正好是小年，她想叫上他一起去超级市场买菜回来做火锅，这将是她在国外过的第一个年。她敲了很久的门，他一直没有回应。后来她推门进去，才发觉他已经走了，他连同他简单的行囊。她走进他住过的房间，脱下袜子，赤脚踩在他行走过的橡木地板上，仿佛在重温他们曾经有过的短暂的肉体接触。她试图寻找他在这个屋子里留下的痕迹，可是她一无所获。她轻轻地叫了一声"亚龙"，她的声音在空荡的四壁间来回荡漾，发出嘤嘤嗡嗡的回响。

十二

半个月后，王晓楠收到了两封寄给章亚龙的信，一封来自西尼卡学院，另一封来自联邦移民局。两封信都只轻轻地封了个口，王晓楠轻而易举地就启了封。西尼卡学院来的是一封很短的格式信，祝贺章亚龙先生学业圆满结束，取得电脑图像设计专科证书。移民局的信就略微长了一些：

　　我们已经详细地审查了你的移民申请。我们很难过地得知，你的妻子刘琼美和你的儿子章小龙半年前在尼亚加拉瀑布遭受车祸不幸身亡。你最初是以探亲为理由进入加拿大的，你后来的移民申请也是基于家庭团聚的概念，然而由于你妻子（同时也是你的担保人）已经亡故，你实际上已经失去了继续留在加拿大的理由。我们完全可以拒绝受理你的申请。但是我们在审理你个人资料时发现，你入境以来不仅一直在工作并向政府纳税，同时还在业余时间进修大专课程，事实证明你是一个已经适应了加拿大环境并对加拿大社会作出积极贡献的守法居民。出于人道主义的考虑，我们破例通过你的移民申请。近期内当地移民局会通知你领取移民文件的具体日期。

王晓楠看完信，愣了很久。后来她就把信天衣无缝地封了回去。

她开始考虑用哪一种途径可以最快地找到章亚龙。

当然不仅仅是为了这两封信。